JN439022

내 안의 빨간 장미

내안의 빨간 장미

2012년 5월 10일 1판 1쇄 발행

지은이 · 조옥규(Ok K. Cho)
발행인 · 이선우
펴낸곳 · 도서출판 선우미디어
등록 | 1997. 8. 7 제300-1997-148호
110-070 서울시 종로구 내수동 75 용비어천가 1435호
☎ 2272-3351, 3352 팩스: 2272-5540
sunwoome@hanmail.net

Printed in Korea
값 10,000원

※ 잘못된 책은 바꿔 드립니다.

ISBN 978-89-5658-307-5 03810

이 민 자 의 도 전 과 꿈, 서 정 이 있 는 아 름 다 운 이 야 기

내 안의 빨간 장미

조옥규 에세이

A Red Rose in My Heart

Essays by Ok K. Cho

선우미디어 sunwoomedia

다양한 삶을 통해 이루어낸 결실

김영중 수필가

수필은 자신의 인생과 영혼을 담는 그릇이다. 체온과 체취가 어린 글의 그릇을 만든다는 것은 고무적인 일이 아닐 수 없다. 조옥규 선생이 첫 수필집을 출간한다니 기쁘기 그지없으며, 축하할 일이다.

변화의 질주 속에서도 창조의 꿈을 가슴에 지니고 산다는 건 축복받은 일이다. 외국에서 수필은 쓰는 작가들의 경우 치열한 문학정신과 오랜 습작 과정 없이 이민의 애환이나 신변잡기의 기록에 그친 글들이 많으나 이국에서 모국어로 문학을 하고 있는 것만으로도 박수를 보내며 질보다 행위 그 자체만으로 찬사를 보내곤 한다.

조 선생은 늦은 나이에 수필공부를 시작하여 부단한 노력으로 3년 전, 〈한국수필〉로 등단한 신예작가이다. 선생은 열정적이고 활달한 성격의 소유자로서 어느 한 곳에 머물러 자리를 지키는 것으로 만족하는 사람이 아니다. 광활한 곳을 향해 도도한 흐름을 멈추지 않는 물 같은 사람이다. 등단 3년 만에 수필집을 출간하게 된 것은 작가가 창작에 쏟는 열정이 얼마나 강하며 간절했음을 입증하는 예가 될 것이다. 그의 작품의 가치는 끊임없는 도전의 결과로 맺어지는 결실의 신선함이다.

삶에 지쳐 잊고 있었던 소중한 것을 상기시켜 주는 자상한 면모를 지닌 것이 수필이다. 한 권의 작품집에는 그 작가가 경험한 그리움, 아픔, 희망, 좌절, 환희, 희로애락의 삶과 현재의 삶, 간절히 소망하고 있는 실현 가능한 미래의 삶이 소담스럽게 무리를 이루고 있다. 또한 한 그루의 나무가 아니라 그것들이 모여 이룬 숲이다. 이러한 인식은 조 선생의 작품에서도 잘 나타난다.

조 선생의 글은 그녀의 삶 자체이고, 그만의 색깔이며 그가 만난 세계다. 자신의 치열한 삶의 모습을 언어라는 수단을 통해 체계화하며 객관화하고 있다. 자연과 사람에게 쏟는 애정과 연민, 향에 대한 추억과 향수로 채워져 있고, 미국에서의 삶을 보여주며 다문화 가족 속에서 한국문화의 정체성을 계승하고 새로운 삶의 전개와 발견을 수필로 피워놓고 있다. 이것은 인간의 삶 자체가 유한하고 많은 역경을 동반한 것이기 때문이다. 모든 사건이나 사물을 사랑과 연관하여 미화시키는 매력이 있고, 삶의 실체에 바탕을 둔 살아 있는 글들이어서 그의 글을 통해 우리가 살아가는 모습과 만나게 된다. 수필의 멋은 냉철한 이성과 논리의 경우보다는 오히려 따뜻한 인정에서 찾아지는 것이기에 인간에 대한 애정이 배제된 문학은 존재할 수 없음을 작가는 알고 있다.

요즈음은 어디를 가나 비슷비슷하게 살고 있지만 예전에는 그 고장 나름의 냄새가 있고 빛깔이 있었다. 그것은 그곳 사람들이 가진 향취와 같은 것이다. 조 작가의 글에는 고향에 대한 향수가 유난히 짙게 서려 있다. 그것은 고향에 대한 정서가 아직도 강한 체취로 남아 있기 때문일 것이다. 또한 인생에 대한 성찰과 깨달음의 꽃향기가 풍긴다. 정보는 짧은 시간 획득할 수 있지만, 깨달음은 인생길 걸어오면서 체험을 통해 발견한 자신이 얻는 자각이다.

문인이라면 누구나 자신의 열정과 능력을 최대한 발휘하여 좋은 글을 쓰고자 끝없이 노력하는 사람들이다. 좋은 글은 탄탄한 문장력이 바탕이 되어야 하며 순수한 심성을 잃지 않아야 하고, 그런 글이어야 독자를 끌어당길 수 있을 것이다. 또한 작가는 고뇌하여 사고영역을 넓히는 작가정신을 잃지 않을 때 인간의 체온을 데우고 가슴을 뜨겁게 하는 수필가로 자리매김 될 것이다. 좋은 수필은 인간의 가슴과 가슴으로 흐르는 강물과 같다. 조옥규 선생이야말로 강물은 스스로 깊어지며 맑아진다는 것을 아는 작가이다.

바쁜 이민 생활에서 시간을 쪼개어 작품을 창작하는 일은 쉬운 일이 아니다. 이번 조옥규 선생의 수필집 간행은 그동안 수필에 바친 열정과 노력의 결정체이다. 이번 출판을 계기로 더욱 문운이 빛나기를 기원하며 누에가 비단실을 뽑아내듯 계속해서 좋은 글이 많이 쏟아져 나오리라 기대하며 축하의 힘찬 박수를 보낸다.

향초에 불을 밝히고

언젠가 여행길에서 사온 향초에 불을 밝힙니다. 유리병 안에 담긴 빨간 장미가 제 몸을 태우며 은은한 향기를 내뿜습니다.

사람들도 제각기 다른 향기를 내며 인생길을 걸어갑니다.

고국을 떠나 타국에서 살면서 조그만 꽃 한 송이 피워봅니다. 수필 속에 자연의 경이와 고향 부모 형제의 그리움, 삶의 목마름도 글로 녹여냈습니다.

수필은 자기 체험을 바탕으로 쓰여지는 진솔한 고백이라 합니다. 내 스스로가 미완성인 삶을 살고 있지만 그래도 인생을 통찰하고 사유하며 다각적인 인간형태의 모습들을 보고 듣고 경험한 것들입니다.

'글은 곧 사람이다'라고 하는데 문학에 대한 열정 하나만으로 아직은 설익은 과일 같은 첫 작품집을 세상에 내놓는 것이 한편 부끄럽기도 합니다.

그러나 수필을 쓰면서 내 자신이 위로받고 세상과 소통하고 타협하며 행복을 찾았습니다. 다만 앞으로 수필 속에 문학의 향기를 더하려 노력해야 함을 알고 있습니다.

젊었을 때는 프리마돈나가 되는 꿈을 꾸었습니다. 황혼녘에 이르러 글로써 가을노래를 부르게 되니 기쁘기 그지없습니다.

나름대로 정성들여 쓴 이 글들이 자식들에게는 어미의 살아온 삶을 이해하는데 도움이 되고 같은 시대를 살아가는 어느 누군가에게는 공감의 향기로 다가갔으면 하는 바람입니다.

타오르는 향초처럼 나를 녹여내며 향내 나는 문학의 꽃을 피우고 싶습니다.

책 읽기를 좋아하시던 어머니가 살아계셨다면 막내딸의 책 출간을 제일 좋아하셨을 텐데 세월은 기다려 주지 않습니다.

문학의 길을 밝혀주신 김영중 선생님, 미천한 후학의 작품평을 써주신 정목일 선생님, 귀한 그림을 허락해 주신 김영자 화백님, 출판을 도와주신 선우미디어 이선우 선생님께 감사의 절을 올립니다. 또한 문학의 길벗이 되어준 남편, 지원과 영문번역에 애쓴 자식들에게 사랑의 마음을 전합니다.

2012년 5월

LA에서 조옥규

차례 Contents

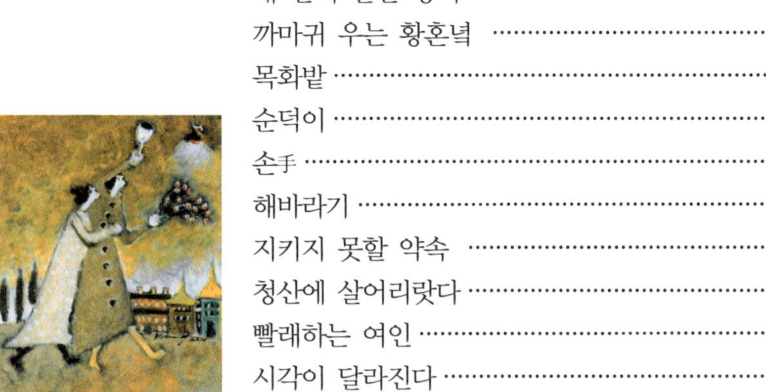

Chapter 1

대륙횡단의 꿈

Chapter 2

기적소리

Chapter 3

춤추는 허수아비

Chapter 4

아날로그 세대의 꿈

Chapter 5

You Are Still My Love

Chapter 1

대륙 횡단의 꿈

꿈은 삶의 원동력이다.
삶의 의욕과 의지를 북돋는 꿈이라는
촉매제가 없다면 인생살이가
너무 삭막하고 무력해질 것 같다.

대륙횡단의 꿈

오래 전부터 꿈꾸고 있는 소망이 하나 있다. 그것은 R.V.를 몰고 대륙횡단을 하는 것이다.

그동안 여러 차례 관광회사의 맞춤형 여행에 합류해 보았지만 스케줄이 너무 빡빡하고 수박 겉핥기식 관광이어서 제대로 자연의 숨소리를 들을 수 없었다.

시간과 노정에 구애받지 않고 마음이 가자는 대로, 산천이 손짓하는 대로, 해와 달과 별들이 부르는 대로 주유하며 자연과 벗할 수 있는 자유로운 여행을 하고 싶다.

맘모스에서 문학캠프 행사를 마치고 요세미티로 향하는 도중에 수많은 캠핑카가 보였다. 요세미티공원에 도착하니 자동차들이 주차장을 가득 메우고 한쪽에는 R.V. 차량들이 가지런히 대열을 이루고 있었다.

불현듯 한 사람이 생각났다. 골프장이 감싸 안고 있는 주택단지에서 보비(Bobby)라는 미국인과 이웃으로 살았다. 그는 50대 중반에 조기 은퇴하여 아침저녁으로 정원을 가꾸며 가끔 카트를 몰아 골프장을 찾는 부지런한 사람이었다.

어느 날, 귀가하는 나를 불러 세우더니 새로 구입한 듯싶은 R.V.를 자랑하며 입이 귀에 걸릴 만큼 좋아했다. 평소에 타고 다니던 승용차가 낡고 검소한 소형차였는데 신형 캠핑카를 장만하였으니 자랑할 만도하다 싶었다.

북미 대륙을 와이프와 함께 횡단하는 것이 꿈이라던 그가 드디어 그 꿈을 위한 만반의 준비가 끝난 듯 가슴 설레는 모습이 행복해 보였다.

그러고 며칠 후 보비네는 깨끗하게 다듬어진 한적한 정원에 바람만이 장미꽃을 희롱할 뿐 주인은 먼 여행을 떠난 듯 했다.

자연을 찾아 여행하며 여생을 보내고자 하는 사람이 어찌 보비뿐이랴. 적지 않은 미국인들이 은퇴 후에는 대륙횡단의 꿈을 실현한다 하지 않는가.

나도 이십여 년 전 아이들과 로키산맥 여행길에 줄지었던 캠핑카를 본 후부터 대륙횡단의 꿈을 키워왔다. 보비는 그 꿈을 위해 일찍 준비를 마친 사람이고 나는 아직도 준비가 채 끝나지 않았을

뿐이다.

꿈은 삶의 원동력이다. 삶의 의욕과 의지를 북돋는 꿈이라는 촉매제가 없다면 인생살이가 너무 삭막하고 무력해질 것 같다.

머지않아 내 꿈이 성사되는 날, 첫 기착지로 요세미티에 들러 아름다운 호수와 길섶에 핀 꽃들에게 깊은 눈인사를 보내고 머나먼 대륙횡단의 대장정에 오르리라.

눈썹 밑 행복

종이접시나 컵 같은 저렴한 생활필수품을 사려고 가끔 99센트 스토어에 들른다.

몇 가지 필요한 물품을 골라 계산대로 향하는 코너 한편에 진열된 돋보기안경이 눈에 띄었다. 생각지도 못한 제품에 반가운 마음으로 하나를 골라 드니 디자인도 나무랄 데 없고 도수도 안성맞춤이었다. 단돈 1달러에 돋보기안경을 구하다니, 마치 횡재한 기분이 들었다.

내게는 유행에 민감하고 쇼핑에 귀재인 친구가 있다. 그녀와 가끔 쇼핑몰에 들르면 상점마다 기웃대며 아이쇼핑을 즐기지만 실제로 현장에서 물건을 구입하는 경우는 드물다. 꼭 필요한 것이 있으면 패션 잡지나 신문 또는 광고지에서 할인쿠폰을 모았다가

활용하든가, 아니면 대폭적인 세일행사를 기다렸다가 구매한다.

얼마 전 그녀에게서 들은 이야기가 생각난다.

오랫동안 눈독들인 명품 옷을 80%나 할인받고 구입하여 한껏 기분이 좋았다고 했다. 그런데 다음날 출근해 보니 놀랍게도 동료가 똑같은 옷을 입고 있어서 어디에서 구입했느냐 물으니 그라지 세일에서 1달러를 주고 샀다며 자랑을 한참 늘어놓았다고 했다.

동양인과 서양인의 사고방식에는 대체로 차이가 있는 듯하다. 단돈 1달러짜리 옷 한 벌의 구입경로를 기탄없이 밝히며 떳떳하게 입고 출근하는 백인교사는 매달 임대료를 챙기는 단독주택을 세 채나 소유하고 있다 한다. 그런데도 웬만한 생필품은 99센트 스토어나 중고시장을 이용한다 했다. 그런 걸 보면 청교도정신이 투철한 실용주의야말로 미국 정신의 요체가 아닐까싶다.

나 또한 아니다 할 수 있으랴. 일반적으로 동양인, 특히 한국인들은 허세와 체면을 중요시하는 경향이 다분하다.

남편이 쓰레기를 버리려 집 밖을 나서는데 마침 지나가던 집배원이 옆집 쓰레기통에서 빈 깡통을 꺼내들며 "돈을 그냥 버리는군." 하기에 부끄러운 생각이 들었다고 한다. 병이나 음료수 캔들을 재활용센터에 가지고 가면 하나에 5센트씩 환불해 준다.

식구가 많을 때는 우리도 열심히 모았다가 환전해서 식료품 살 때 보탠 적도 있다. 요즘은 아이들도 모두 분가했고 음료수를 자주 마시는 편이 아니기에 어쩌다 한두 개가 생기면 누군가의 수입원이 되기를 바라며 쓰레기통에 넣는다. 그러나 미국사람들은 철저한 것 같다. 산책길에서 어느 큰 저택의 차고가 열려 있어 보니 재활용품들이 산더미처럼 쌓여 있었다.

서울을 방문했을 때 언니가 "너, 미국에 살더니 철들었다."고 했다. 며칠을 함께 지내는 동안 예전과는 다르게 작은 것에도 감사하고 기뻐하는 모습이 기특하게 보였나보다. 나이 탓인지, 인생사를 깨달아서인지 나의 사고방식이 많이 바뀐 것 같다. 세상만물 중 귀하지 않은 것이 없고, 사소한 것 하나라도 소중하고 고맙게 여겨진다.

편안한 마음으로 분수 지키며 만족할 줄 아는 안분지족(安分知足)이야말로 참 행복에 이르는 지름길이 아닐까 싶다. '사촌이 땅을 사면 배 아프다'라는 속담이 있는데 그 말도 젊어 한때지 이제는 축복해 주고 싶은 마음뿐이다.

밤하늘의 초승달도 날이 갈수록 빛을 더하여 만월이 된다. 사람들의 마음속에 뜨는 달도 세월과 더불어 세상 빛이 되었으면 좋겠다.

따끈한 커피 한 잔으로 하루를 열며 참새들과 아침인사를 나누는 즐거움을 결코 작다고 할 수 없을 것이다. 마음이 통하는 친구와 주고받는 한담도, 식구가 모여앉아 저녁상머리에서 오순도순 나누는 정담도 모두 천금보다 소중한 행복이 아닌가.

새들마저 잠든 늦은 밤, 1달러짜리 돋보기안경을 걸치고 컴퓨터를 켜니 비 개인 맑은 날 산천초목처럼 선명하고 산뜻한 화면에 기분이 상쾌해진다.

눈썹 밑 행복이다.

내 안의 빨간 장미

아침운동을 나갔다.

며칠째 봄답지 않게 추운날씨가 계속되더니 오늘은 따스한 햇살이 눈부시고 사람들은 봄기운에 활기찬 모습이다.

공원주차장에는 야외시장(Farmer's Market)이 열리고 있다. 여느 날과는 달리 꽃장수들이 많이 나와 있다.

'아, 내일은 어머니날이구나.'

꽃을 가슴에 안고 걷는 사람들의 얼굴마다 밝은 미소가 어려 있다. 마음은 이미 사랑하는 사람과 함께하는 듯 행복한 표정이다. 오월의 눈부신 날 아침에 꽃 속에서 피어난 사랑이 향기롭게 떠다닌다.

오늘은 꽃 파는 부스에 평소보다 빨간 장미꽃이 많이 보인다.

미국에서는 어머니날에 카네이션보다는 장미꽃으로 사랑을 전하는 것 같다.

사람들 사이로 기웃거리며 구경만 하고 있는 나에게 꽃들이 아는 체를 한다. 빨갛다 못해 검붉은 장미가 눈웃음친다. 나도 정다운 눈길로 화답은 하지만 꽃을 사고픈 마음이 아니다. 꽃다발을 안겨드릴 어머니가 안 계시기 때문이다. 색종이로 만든 조화를 달아드려도 기뻐하시던 어머니에게 지금은 한 아름 장미꽃도 안겨드릴 수 있는데 무상한 세월은 남아있는 자식을 가슴 저리게 하고 그리움의 눈물을 흘리게 한다.

어느 꽃인들 아름답지 않으랴만 나는 장미꽃을 제일 사랑한다. 어린 시절에는 보리밭둑에 지천으로 깔린 제비꽃을 좋아했고 산이나 들에 아무렇게나 피어나는 쑥부쟁이 같은 야생화에 마음이 갔었다.

사랑을 알고 세상살이를 터득할수록 가냘픈 풀꽃보다는 여왕같이 도도한 장미꽃에 매력을 느낀다. 들꽃을 좋아하시던 어머니의 수동적인 일생보다 빨간 장미처럼 열정적인 삶을 살고 싶었는지도 모른다.

장미꽃을 보면 비제의 오페라에 등장하는 집시 여인 카르멘이 생각난다. 자유롭게 태어났으니 자유로이 죽겠다고 하는 카르멘은 자신의 감정에 솔직하고 정열적으로 사랑을 표현하는 여인이다. 그녀 머리에는 항상 빨간 장미꽃을 꽂고 다니며 구애(求愛)할 때면 장미를 입에 물고 요염하게 춤을 춘다. 그 모습에 여자인 내 가슴도 설레는데 하물며 남자들이야 오죽하겠는가, 카르멘이 던진 미혹(迷惑)의 장미꽃을 주워든 돈 호세는 그녀와 비극적인 사랑에 빠지게 된다.

어머니였다면 카르멘을 어떻게 생각하셨을까.

생면부지로 시집 오셨다는 조선의 여인 같았던 어머니의 정서로는 카르멘의 저돌적인 사랑을 이해하기란 어려웠을 것이다. 요즘 시선으로 보아도 그녀의 불나비 같은 자유분방한 사랑이 바람직하다고 말할 수 없을 것이다.

그런데도 카르멘이 꾸준히 사랑받고 있는 까닭은 무엇일까. 왜 관객들은 저마다 머리나 가슴에 장미꽃을 꽂고 카르멘을 만나러 오는가.

마음 안에 숨어있는 빨간 장미가 카르멘의 사랑을 꿈꾸게 하는가. 세월이 아무리 흘러도 사람들 가슴속 장미는 시들 줄 모르고 살아있나 보다.

딸이 빨간 장미 꽃다발을 안고 뒤따라온다.

어미가 무슨 꽃을 좋아하는지 잘 알기에 망설임 없이 장미꽃으로 집어 들었으리라. 내가 내 어머니를 들꽃 같은 여인으로 추억하듯이 딸은 나를 빨간 장미로 기억할 것이다. 딸은 가시 돋은 장미로 살아야 하는 어미 마음도 헤아렸을까.

꽃다발을 가슴에 안으니 삶의 메마른 바람이 꽃향기에 잦아든다. 각양각색으로 피어나는 꽃처럼 사람들도 제각기 다른 향기로 살아간다는 생각이 든다.

꽃잎들이 서로서로를 정답게 끌어안고 한 송이 아름다운 꽃을 피우는 모습에서 새삼스레 인생을 배운다.

빨간 장미꽃 속에 어머니와 카르멘이 어우러져 춤춘다.

까마귀 우는 황혼녘

해질녘 공원에는 가을이 먼저 와있었다. 한 무리 까마귀들이 하늘을 낮게 날아오더니 유칼립투스나뭇가지에 앉아 소란스럽게 울어댔다.

한국에서는 까치가 짖으면 기쁜 소식이 온다하여 반가워했고 까마귀가 울면 불길한 징조라 하여 언짢아했는데 이곳에서는 까치보다는 까마귀가 흔하다.

한국적 정서에 길들여진 나는 까마귀 울음소리를 들을 때마다 무슨 나쁜 일이 생기려나 마음이 불안했었다. 그런데 자주 듣다보니 지구의 반대편에서 듣는 까마귀 울음은 행운을 알리는 노래일지도 모른다는 생각이 들었다.

마음을 주고 사랑의 시선으로 바라보니 검은 연미복을 빼어 입은 듯 세련된 까마귀의 모습이 사랑스럽기까지 했다. 한낮동안 어디를 헤매다 돌아오는지 또 다른 한 떼가 푸른 잔디밭에 내려앉아 합창을 했다.

함께 걷던 친구가 길에 떨어진 페니를 주워 운동화 속으로 밀어 넣었다. 의아한 표정으로 바라보니 아브라함 링컨초상이 보이게 떨어진 페니를 주워 신에 넣고 다니면 행운이 온다고 한다. 누가 그런 말을 퍼트렸는지 몰라도 근거 없는 속설일 것이다.

요즘 불경기가 지속되다보니 행운을 바라는 사람들이 많아진 것 같다. 믿을 바가 못 된다는 것을 알면서도 신문에서 읽는 오늘의 운세에 관심을 갖게 되고 페니의 행운이라도 챙기고 싶어 한다.

그런데 어쩌다 인권대통령으로 추앙받는 링컨이 하필이면 발 냄새나는 신발 속의 행운부적(Lucky Charm)이 되었을까. 사람들은 까치와 까마귀에게도 행복과 불행의 의미를 부여하는데 친구의 행동을 전혀 이해하지 못할 것은 없다싶어 "굿 럭" 하고 말해 주었다.

까마귀와 까치는 통틀어 까막까치라고 불리는 이웃사촌이다. 우리 조상들이 무슨 연유로 그들에게 상반된 의미를 부여했는지 모르겠지만 첨단시대를 살고 있는 사람들마저 어찌 그것을 믿고 싶어 하는지 모르겠다. 아마도 인간위주의 편견으로 만사를 가늠하려는 의도적인 평가이거나 심심풀이로 해보는 심미적 취향에서 나온 속설이었으리라.

오래 전에 스리랑카의 수도 콜롬보를 방문한 적이 있었다. 안내원이 도심 곳곳에 떼거리로 몰려다니는 까마귀를 가리키며 행운의 새라고 했다. 한국에서 흉조로 취급받는 까마귀가 남양의 섬나라에서는 길조로 대접을 받고 있어 놀랐었다. 같은 까마귀를 놓고도 나라에 따라 상징적 의미가 다르다니, 인종과 문화적 배경에 따라 사물에 대한 인식의 각(角)까지도 다를 수 있구나 싶었다.

이 세상에는 어느 것도 불행이라 단정할 수 없고 행복이라 구분할 수 없는 것 같다. 하늘의 해와 달 그리고 별들이 제 궤도를 지키듯 만물도 제각각 주어진 길을 가고 있을 뿐이다.

사막 한가운데 자라는 나무는 척박한 환경 속에서도 때가 되면 꽃을 피우고 열매를 맺으며, 결코 스프링클러가 돌아가는 부잣집 정원의 장미를 부럽다며 선망하지 않는다.

만약에 사막의 나무가 고달프다 하여 삶을 포기해 버리면 우리는 어떻게 사막에서 생명의 환희를 찾을 것이며, 공원의 나무가 귀찮다 하여 무성하게 자라지 않으면 새들은 어느 곳에 안식처를 마련할 것인가. 각자가 받은 본분을 지켜 나갈 때 아름다운 세상이 열리고 행복도 함께 할 것 같다.

붉게 물든 석양을 바라보며 우거진 숲 사이를 산책할 수 있으니 감사하다. 온 몸을 태우며 하루를 황홀하게 마감하는 태양은 내일의 희망을 안고 다시 솟아오를 것이다. 한 치 앞도 모르는 세상에서 별일 없이 오늘 하루를 잘 지냈으니 행운이 함께 한 날이다.

살아있음은 축복인가, 산책길에서 만나는 사람들의 미소가 건강하다.

황혼의 잔영이 남아 있는 하늘로 까마귀 한 떼가 날개를 활짝 펴고 날아오르며 "까-욱 까-욱" 작별인사를 건넸다.

목화밭

캘리포니아의 남북을 종단하는 5번 프리웨이 좌우 사막에는 풍요가 넘친다.

끝없이 펼쳐진 개간농지에 각종 유실수와 농작물들이 셀 수도 없는 스프링클러의 물줄기를 맞으며 여름 햇살에 잉태의 포만감으로 느긋하다. 시계(視界)마저 미치기 어려운 목화밭, 감자밭 그리고 옥수수 밭들이 결실을 준비한다.

갓길에 잠시 차를 세우고 목화밭을 바라본다. 연노랑, 연분홍 꽃들이 바람결에 하늘거리며 어릴 적 고향의 목화밭을 연상시킨다.

흰 무명수건을 머리에 두른 어머니와 동네를 지나 야트막한 산등성이에 올랐다. 야산 한 자락이 온통 목화 꽃으로 뒤덮여 들바람에 살랑대고 있었다. 어머니가 호미로 잡초를 뽑고 밭두둑을 돋우시는 동안 나는 달착지근한 목화다래를 따먹으며 밭이랑을 뛰어다녔다.

얼마 후 밭에 다시 왔는데 꽃은 모두 지고 하얀 솜 송이가 가지마다 다닥다닥 매달려 있었다.

이제는 그 소녀와 그 어머니는 기억 속에만 존재할 뿐, 그 소녀가 그때의 어머니보다 더 나이 들어 수만리 바다건너 캘리포니아의 어느 목화밭에 서있다.

트랙터 몇 대가 여기저기서 낮잠을 자는데 날렵한 경비행기 한 대가 푸른 하늘을 선회한다. 아마 비료나 농약을 살포하는 중인가 보다.

척박한 사막을 개간하고 풍요를 다지는 사람들의 집념과 노력에 탄복을 한다. 어머니가 여름내 한 자루 호미로 가꾸시던 목화밭은 이제 기억 속에 한 점 심화(心畵)로 남아졌다. 그 옛날 흑인 노예들이 영가(靈歌)를 부르며 새벽부터 해 질 녘까지 김매고 수확하던 목화밭에는 이제는 인적도 없고 노랫소리마저 들리지 않는다.

광주리에 목화송이를 가득 따온 어머니는 씨를 빼내야 솜을 틀 수 있다며 틈틈이 까만 목화씨를 발라내셨다. 언니의 혼삿말이 오고갈 때쯤 그동안 모아두었던 목화를 솜틀집에서 구름처럼 포근한 솜으로 틀어오셨다.

언니의 결혼 날짜가 다가오면서 어머니는 부부금실이 좋은 친척아주머니를 불러 함께 이불을 꾸몄다. 딸의 행복을 한 땀 한 땀 수놓듯 새기며 마음은 벌써부터 이별생각에 목이 메었으리라.

어머니는 솜을 발라낸 목화씨 중에서 튼실한 종자만 남기고 모두 버리셨던 것 같다. 그런데 요즘에는 그 딱딱한 씨에서도 사람 몸에 유익한 기름을 얻는다. 마켓에 들러보면 목화씨로 짠 식용면실유가 진열돼 있다. 주로 샐러드를 만들 때 사용하는데 식용유 중에서도 고가에 속한다.

뉴스에 의하면 목화씨에서 천연대체연료를 추출할 수 있는 기술이 개발되었다 한다. 목화 바이오에너지(Bio Energy)로 공장이 가동되고 자동차연료로도 이용할 수 있는 날이 멀지 않았다고 한다.

원료를 확보하려면 목화를 대량으로 경작할 광대한 토지가 필요할 것이니 캘리포니아의 사막이야말로 천혜의 바이오에너지 보고(寶庫)가 될 것이다.

누구나 가끔은 문명이 발달된 세상에 살면서도 옛것에 대한 향수에 젖을 때가 있다.

목화밭 사이로 꽃무늬 분홍원피스를 입은 소녀가 뛰어다니는 것 같다. 머리에 꽂은 분홍리본이 꽃바람에 하늘거린다.

목화다래를 군것질로 여기던 가난한 시절이었지만 그때는 서정이 있었고 사람 사이에 따스한 숨결이 오갔었다. 목화솜으로 실을 만들고, 실로 천을 짜듯이 서로가 씨줄과 날실이 이어져 올실이 되어 정을 이어나갔다.

여행길에 갑자기 온고지정(溫故之情)에 잠겨 마음에 쉼을 얻는다. 고삐 풀린 망아지처럼 앞만 보고 달리는 이 시대에 목화밭을 캘리포니아에서 보게 되니 새삼 정겹다.

<목화밭(Cotton Fields)> 노랫가락을 흥얼거리며 차에 오른다.

순덕이

며칠 동안 비가 오락가락하더니 오늘은 맑고 파란하늘이 인사를 한다. 세차를 해도 괜찮을까? 또 비가 오면 헛수고일 텐데, 그런 생각을 하면서도 우리 순덕이를 쳐다보니 꼴이 말이 아니다. 꼭 흙탕물에서 놀다 온 개구쟁이 같다.

나는 차에 사람 이름을 붙이는 버릇이 있는데, 언년이, 달구, 말순이 등이 있었다. 요즘 타고 다니는 차의 이름은 순덕이다. 이름이 조금은 촌스럽지만 나름대로 고향 냄새와 추억이 묻어 있고, 지칠 때면 내 영혼을 위로해 주는 한 줄기 시원한 바람 같은 의미를 담았다.

순덕이는 꿈 많던 소녀시절을 함께 한 고향친구다.

순덕이를 데리고 자동세차장으로 갔다. 세차기계에 동전을 넣으니 물줄기가 쏟아진다. 동전을 더 넣으라는 신호가 울린다. 거품 비누로 솔질을 한다. 뭉글뭉글 하얀 거품이 순덕이를 뒤덮는다. 미루나무에 걸려 있던 구름, 나물 캐러 다니며 보았던 하얀 뭉게구름 같다. 수건으로 순덕이를 꼼꼼히 닦다 보니 세월의 연륜을 말하는 듯 작은 상처들이 눈에 들어온다. 친구 순덕이의 뽀얀 피부같이 고왔던 모습이 이제는 늙어가는 내 모습같이 거칠어 보인다.

만약 세월을 돌이킬 수 있다면, 순덕이와 뛰놀던 그 시절로 돌아갈 수 있을까. 봄이면 자운영꽃이 가득하게 피어난 논이 있었고, 황소가 쟁기를 메고 땅을 갈아엎을 때의 워낭소리는 경쾌하게 들판에 퍼졌다. 봄 아지랑이가 나비와 춤을 추면 논물 위에 떠 있는 개구리 알에서 올챙이가 태어났고, 논바닥엔 우렁이가 자랐다. 우리들은 치맛자락을 걷어붙이고 논으로 들어가 우렁이를 잡곤 했다.

순덕이의 진흙 묻은 다리를 보니 무릎이 하얀 얼룩이 있었다. 그러고 보니 손마디에도 하얀 점들이 퍼져 있다. 나중에 알고 보니 백납이라는 피부병이었다. 그 병 때문에 순덕이는 많은 고민을 했다. 차츰 번져서 이제는 옷으로 감출 수 없는 목 주위까지 하얀 반점들이 눈에 띄었다. 명랑하던 아이가 차츰 말수가 줄고 조용한 아이가 되어 갔다.

"나, 수녀가 될 거야."

고등학교 졸업을 며칠 앞두고 있던 어느 날, 순덕이는 지나가는 말처럼 아무렇지 않게 놀라운 말을 했다.

"너, 왜 그래?"

농담이려니 하는 마음으로 순덕이를 쳐다보니 볼그레한 뺨 위로 눈물이 흐르고 있었다. 순덕이가 수녀원으로 들어가기 전에 우리는 기념사진을 찍었다. 우리들의 앞날이 어떻게 변해 갈지 짐작도 못한 채 헤어지는 것만이 슬퍼서 울었다.

세월이 많이 흐른 지금도 그 사진을 들여다보면 시간을 훌쩍 뛰어넘어 순덕이의 숨결이 느껴지는 것 같다. 어떤 마음으로 친구는 수녀가 되겠다고 결정한 것일까. 하나님께 봉사하며 살기를 원했던 것일까. 아니면 고민하던 병으로 인해 삶의 도피처를 찾는 것일까?

얼굴에 홍조가 예쁘던 순덕이, 대학생활 동안 잊고 지내던 순덕이 소식을 듣기는 했지만, 서울의 어느 성당에 있다는 것을 고향 사람에게서 전해 듣는 정도였다.

세 살배기 첫아이를 데리고 고향을 찾은 나는 뜻밖에 순덕이를 만났다.

"애가 네 딸이니?" 하며 끌어안는 순덕이의 모습에서는 내가 알고 있던 순덕이가 아닌 낯선 사람을 보는 듯한 느낌이 들었다.

까만 수녀복의 성스러움이랄까, 신비함이랄까 쉽게 근접할 수 없는 위엄이 어려 있었다.

전에는 밤을 새워 속마음을 나누어도 할 말이 끝도 없었는데, 수녀님 순덕이의 잔잔한 미소를 보니 남편 자랑을 한다거나 내 자식이 얼마나 예쁜 짓을 많이 하는지에 대한 이야기는 너무 속물적이라는 생각이 들어 인사말 외에는 말을 이어갈 수 없었다.

그때 순덕이와 나 사이를 가로막았던 감정은 무엇이었을까? 나 자신은 소녀에서 여자로 변했으면서도 마음속에 품은 순덕이는 절대 자라지 못하게 한 내 아집 탓이 아니었을까.

진정한 친구라면 어떤 모습으로든지 이해하고 포용했어야 하는데, 낯설다고 외면한 내 좁은 소견 때문에 순덕이와의 만남을 더 이상 이어가지 못하고 세월의 강을 마냥 흐르게 한 것 같다.

이제야 순덕이를 생각하면 수녀님을 연상하게 된다. 어디에서 희생과 봉사의 삶을 살아가고 있는지, 어쩌다 나를 생각하는지, 순덕이를 세차하며 친구 순덕 수녀를 생각한다.

손手

시집간 둘째 딸이 1년 만에 임신을 했다. 가족들 모두가 축복하는 가운데 벌써 8주가 되었다고 한다. 어제는 병원에 다녀왔다며 초음파로 찍은 태아 사진을 보여주는데 머리와 몸, 손과 발 모양이 제법 사람같아 보인다.

"엄마, 너무 신기하지? 이건 손이고 이건 발이야."

아직 윤곽도 갖추지 못한 흑백사진 속의 모습을 가리키며 딸은 스스로 대견해 하고 또 신기해 한다.

"아기가 기도하나 봐. 여기, 손을 모으고 기도하는 것 같잖아."

딸이 돌아간 뒤 내 손을 새삼스럽게 살펴보았다. 손마디는 울퉁불퉁, 주름은 손잔등에서 손목까지 쭈글쭈글하고 힘줄까지 퍼렇게 솟아 있으니, 여자의 손치고는 너무 험하다.

나도 아기 때는 고사리 같은 손을 지녔으리라. 유년시절에는 그 앙증맞은 하얀 손으로 피아노도 쳤다. 시집 왔을 때 시어머님이 손이 곱다고 칭찬하실 정도로 고운 적도 있었다. 세월의 흐름은 얼굴에만 자국을 남겼을 뿐 아니라 손에 더 심한 흔적을 남긴 것이다.

어느 날 가족이 모인 자리에서 대화 중 나도 늙으니 이제 손마디가 쑤신다고 말하자, 아들이 깜짝 놀라는 표정으로 내 손을 잡으며 말했다.

"엄마가 아프면 안 되지요, 우리 엄마 손은 행복을 만드는 위대한 손인데요."

내 손을 잡고 주무르며 애교 부리는 아들의 말 한 마디에 마음이 훈훈해지며 돌아가신 친정어머니 생각이 났다. 나는 내 아들만큼 착한 자식이 아니었다. 손마디 굵고 거친 손을 보아도 어머니의 수고를 마음속 깊이 고마워하지 못했던 것 같다. 그저 어머니들의 손이란 모두 그러려니 생각했었다. 시어머니와 남편을 받들고 여러 자식들 돌보느라 어머니의 손은 하루도 물 마를 날이 없었다. 가족을 지키던 희생의 손, 사랑의 손 그리고 기도의 손이었던 걸 그때는 몰랐다.

마더 테레사가 기도하는 모습을 담은 사진을 본 적이 있다. 두 손을 모으고 기도하는 모습이었는데, 얼굴과 손 모두가 주름투성이였다. 그런데 두 손을 모으고 있는 그 거칠고 투박한 손이 거룩해 보이고 존경심이 일었던 것은 그녀가 어려운 사람들에게 베푸는 사랑이 컸기 때문일 것이다. 하루 종일 자신의 손길이 필요한 곳에 사랑을 나누어주고, 밤이면 지친 몸으로 두 손 모아 힘든 삶을 살아가고 있는 사람들을 위해 하나님의 은총을 갈구했을 그녀의 손! 그녀에게도 손이 고왔던 시절이 있었을 텐데 얼마만큼 사랑을 베풀었으면 이렇듯 손이 험해졌을까? 나는 손가락으로 사진 속의 그녀 손을 쓰다듬었다. 그녀에게 경의를 표 하는 심정으로, 또한 그녀의 사랑을 닮고 싶은 심정으로….

요즘 신앙 간증 책을 읽었다. 어느 가장이 전기 공사를 하다가 감전되어 두 팔을 모두 잃어버리는 사고를 당했다. 다행히 목숨은 건졌지만 살아가기에 모든 것이 너무 힘들었다. 밥 먹는 것도, 몸을 씻는 것도 가족의 도움을 받아야 했고, 하나님 앞에 두 손 모아 기도를 드릴 수도 없었다.

그는 이렇게 말했다. "내가 두 팔을 잃은 후에 가장 마음이 아픈 것은 사랑하는 아내를 안아 주지 못하고 귀여운 자식들의 머리를 쓰다듬어 주지 못하는 것입니다." 얼마나 슬픈 일인가, 우리는 두 손을 멀쩡히 가지고도 손의 고마움을 모르고 산다.

내 손은 사랑을 나누기에 조금 더 바빠야 하지 않을까. 자식들의 머리를 쓰다듬고 안아줘야 하고, 또 이웃을 위해 작은 손길이라도 보태야 하기에 참으로 할 일이 많다.

머지않아 태어날 우리 손자 녀석은 뱃속에서부터 두 손을 모으고 서로 감사하고 사랑할 아름답고 따뜻한 세상을 마음속 깊이 그려보는 것인지도 모르겠다.

해바라기

딸내외가 유럽여행을 떠나면서 봉투를 내밀었다. 뭐냐고 물었더니 "그냥"이라고 얼버무린다. 말은 안 하지만 저희끼리 여행하자니 부모가 마음에 걸렸나보다.

나이가 들면 어린아이가 된다더니, 자식으로부터 물질이나 마음을 받으면 그 누구에게서 받는 선물보다 행복해지니 참 아이러니하다. 마치 어렸을 때에 장난감을 사주면 좋아서 친구에게 자랑하던 그런 심정이 된다. 우리 연배의 어느 모임에서든 자식 자랑 손자 자랑은 빠지지 않고 나오는 화제이니, 오죽하면 돈 내고 하라는 말이 있을까. 자식에게 받는 사랑은 안쓰럽지만 나의 존재를 확인시키는 역할을 하기에 부모들이 바라는가 보다.

얼마 전, 초면의 아주머니와 이야기를 나눌 기회가 있었다. 무릎이 아프다는 그녀는 10년을 넘게 가사도우미로 일하며 남매를 공부시켰다고 했다. 차도 없어 부자동네 산꼭대기 집까지 걸어서 일을 다녔고 저녁이 되면 아픈 다리를 끌고 내려오는데, 마중 나온 아이들이 반기며 활짝 웃어주면 피곤함이 사라지고 새 힘이 솟았다고 했다.

이제는 성장한 아들이 취직하고 결혼도 했는데 매달 넉넉한 생활비를 보내온다고 한다. 결혼하기 전부터 부모님을 도와 드려야 한다고 아내될 사람에게 동의를 얻은 후 결혼했다는 보기 드문 효자였다.

미국에 사는 한국 부모들은 이 아주머니처럼 이민 오게 된 동기로 자식 교육을 첫째로 꼽는다. 자식을 위해서라면 부모는 정든 고향땅을 버릴 수도 있고 험한 일을 해도 개의치 않는 삶의 전사들이다. 자신을 위한 욕망에는 기꺼이 눈을 감고 자식을 위한 희생은 희생이라 생각지 않는 건 자식이 삶의 목표이기 때문이다.

얼마나 지독한 자식사랑인가. 몸이 아파 고생하면서도 부모는 죽을 때까지 무언가를 주며 살아야 하는데, 자식의 짐이 되고 말았으니 마음뿐이라는 아주머니에게서 가없는 부모의 사랑을 느낄 수 있었다.

'내리사랑은 쉬워도 치사랑은 어려운 법'이라던 어머니의 말씀이 생각났다. 자식을 위하여 열성을 다했음에도 부모를 대함이 소홀하다 느껴져 섭섭한 생각이 들 때 하신 말씀이 아닌가 싶다. 더구나 치사랑을 중시하던 어머니 세대였기에 내리사랑에만 정성을 다하는 자식들 태도가 많이 서운하셨을 것이다. 혈연은 마찬가진데 어째서 부모보다 자식을 생각하는 마음이 더 진한 것일까? 인간의 본성일까, 책임감일까, 내 꿈의 방편일까.

현악 사중주단을 구성할 수 있는 사남매를 두었다. 소질이 있다면 음악을 사랑하는 아이들로 키우고 싶었다. 큰아이는 피아노, 둘째는 첼로, 셋째는 바이올린, 넷째는 비올라, 아이들이 제각기 레슨을 받으며 서투른 연주로 재롱을 떨면 우리 부부는 마음속에는 기쁨이 가득했다.

훌륭한 음악가가 될 것 같은 착각으로 남편은 "아이들 매니저가 되어 가방 들고 세계를 누비고 다니는 것 아니냐."며 입이 귀에 걸리기도 했었다. 자식을 앞에 두고 꾸는 꿈에는 한계가 없었고 아름답게 비치는 일곱 빛깔의 황홀한 꿈은 삶의 원동력이 되었다.

그 꿈을 따라 얼마나 많은 땀을 흘렸던가. 그러나 아이들은 음악보다 각자 개성과 취향에 따라 제 길 찾아 살아간다. 악기 연습하라고 소리 지르는 엄마가 제일 무서웠다고 저희끼리 흉보며 낄낄거렸다. 치사랑에 눈을 감으며 꽃을 피우는 심정으로 바쳤던 내리사랑을 저희들은 알 리가 없다. 너희들 가르치려고 쏟은 정성이 얼만데 그런 소리를 하느냐, 그 레슨비를 할머니께 드렸으면 효녀 소리 들었겠다는 푸념 섞인 말에 "우리 편하게 놔두지 왜 그러셨어요."라고 천연스레 받아치는 아이들도 세월이 좀 더 흐르면 부모의 마음을 알게 될 날이 올 것이다.

이제는 자식과 부모의 입장에서 모두를 이해할 수 있는 나이가 되었다.

지난날을 되돌아보면 부모님께 좀 더 효도하지 못해 죄송하고, 자식들에게 훌륭한 부모가 되지 못해 미안하다.

어느덧 자식들이 힘찬 날개를 펴고 하늘을 날고 있다. 그동안의 날갯짓으로 힘이 다한 우리는 허전한 마음에 촛불을 밝히고 자식의 평안을 기도하는 부모로서 존재할 뿐이다.

어느새 나도 툇마루에 앉아 해바라기를 바라보던 어머니의 모습을 닮아간다.

지키지 못할 약속

미국 행 비행기를 타야 할 날을 하루 앞둔 정신없이 바쁘던 날 밤, 십여 년을 치매의 고통에 시달리며 병석에 누워 계신 어머니께 작별인사차 무거운 마음으로 친정집 대문을 열고 들어섰다.

올해 들어서는 당신의 목숨 같았던 가족도 몰라보고 꺼져 가는 등불인 양 누워만 계신 어머니께 어떻게 하직인사를 해야 할지, 막막한 심정에 발걸음이 더욱 무거웠다.

지난 번 뵈었을 때는 "네가 누구냐?" 하며 당신의 막내딸도 기억에서 지워버린 채 타인을 보듯 하셨다. 오늘은 나를 알아보실까? 차라리 몰라보는 것이 마음이 덜 아플 텐데, 가슴까지 차오르는 슬픔은 목구멍을 넘어 어머니를 뵙기도 전에 눈물이 되어 흘러내렸다.

나를 송별하기 위해 모인 가족들이 건네는 인사를 뒤로 하고 어머니의 방문을 열었을 때, 어머니의 앞날을 예고하듯 죽음의 냄새가 방안에 가득 차 있었다.

어떻게 하나? 어머니를 뵙는 것도 마지막일 것 같은데 무슨 말을 해야 하나? 한 가닥 남은 삶의 끈을 놓지 못하고 누워 계신 어머니의 손을 잡았다. 옆에 계신 아버지가 헝클어진 어머니의 머리를 매만지며 말씀하셨다.

"눈좀 떠 봐, 막내딸 왔어. 보고 싶다고 했잖아."

다정한 아버지의 말씀에 어머니는 힘없이 눈을 뜨고 한참 동안 나를 바라보시더니, 울음 섞인 목소리로 내 이름을 부르며 손을 부여잡으셨다.

"너 미국으로 이사 간다며? 언제 다시 너를 보니?"

아마도 그때 어머니는, 당신 막내딸과의 영원한 이별을 이미 아시고 정신을 바로 하신 것 같다. 나를 바라보는 어머니의 애달픈 눈길에 가슴이 아리도록 저려왔다.

"어머니 아프지 마세요. 빨리 다녀올 게요. 내가 미국 다녀오면 도토리묵 먹으러 남한산성으로 드라이브 가요. 도고온천에도 갈까? 어머니 온천 좋아하시잖아요? 아, 그리고 재미있는 소설책도 사요. 제가 읽어 드릴 게요."

지키지 못할 약속이라는 것을 알면서도 나는 어머니를 향해 주절주절 수많은 말을 뱉어내고 있었다. 아버지는 정신 차려 준 어머니가 고마운 듯 표정이 환해지셨다. 울음이 복받친 나는 어머니의 손을 놓고 방문 밖으로 뛰쳐나왔다.

한동안 울고 나니 흐릿한 밤하늘에 서너 개의 별이 얼굴을 내밀고 있었다. 어머니가 지내왔던 인고의 날들이 떠올랐다. 효심이 깊은 며느리였다. 당신의 시어머니가 93세의 연세로 돌아가실 때까지 지극 정성으로 모셨다. 이미 칠순을 넘긴 어머니도 자식의 보호가 필요할 때였으나 며느리로서 당연한 도리라며 몸소 할머니의 수발을 드셨다. 어머니의 이런 모습은 내가 결혼해서 시어머니를 모시는 데 커다란 힘이 되었다.

책 읽기를 좋아하셨다. 외할아버지는 어머니가 딸이라고 글방에 보내 주지 않으셨다. 외삼촌 공부하는 어깨 너머로 한글을 깨우치고 숯덩이로 땅바닥에 글씨 연습을 하셨다고 한다.

사랑의 편지로 자식들을 훈육하셨다. 객지에 나가 있는 언니 오빠들에게 매일 밤 편지를 쓰셨다.

나도 대학생이 되어 서울로 올라오자 "막내딸 보아라."로 시작되는 어머니의 편지를 받았고, 결혼 후에는 아이 이름을 앞에 붙인 "누구 어미 보아라."로 호칭만 바뀐 편지는 계속 되었다. 편지를 통하여 어머니는 항상 자식들 곁에 계셨다. 결혼생활에 무리없이 적응할 수 있었던 건 어머니의 편지 덕이 아니었을까.

자립정신을 강조하셨다. 5일마다 열리는 장에 따라 가면 어머니는 빨간 왕사탕과 개피떡을 사 주셨다. 내가 좋아하는 꽃게와 갈치, 반찬거리를 사고, 무거운 쌀자루를 머리에 이고 집을 향하셨다. "엄마 힘들겠다." 어머니 뒤를 졸래졸래 따라가며 내가 말하면 "이게 뭐가 힘들어. 돈 버는 것이 더 힘든 거야. 너는 공부 열심히 해서 선생님이 되어라. 여자도 자립할 수 있어야 한다." 그 당시 어머니가 생각할 수 있는 여자의 최고 직업은 선생님이었다.

참을 인(忍) 자를 강조하셨다. 막내딸을 시집보내고 너무 서운해서 댓돌에 놓여 있던 내 신발을 안고 우셨다던 어머니는 시집가면 그 집 귀신이 되어야 한다고 신신당부하셨다. 속상한 일 있으면 마음속으로 참을 인 자를 열 번이고 백 번이고 쓰며 사는 것이 여자 인생이라고 인고의 여인상을 가르치던 어머니, 살아생전 어머니는 얼마나 많은 참을 인 자를 가슴에 새기셨을까.

내가 미국으로 떠나온 지 삼 개월이 되지 않아 어머니는 돌아가셨다. 숨 한번 깊게 쉬고 조용히 눈을 감으셨다고 한다. 이미 예견하고 있었으며, 오랫동안 고생하시는 어머니가 안타까워 보내드릴 마음의 각오가 섰다고 생각했는데도 부음소식에 슬픔을 가눌 수가 없었다. 내 손을 잡고 눈물 흘리던 어머니와의 마지막 모습이 가슴을 찢었다. 어머니가 가신 것이다.

삼 일째 되던 날, 꿈속에서 어머니를 만났다. 교사생활을 할 때 마을의 버스 정류장에서였는데 여러 사람들 속에서 곱게 나들이 한복을 입으신 생전의 모습 그대로였다. 그리고 말없이 나를 꼭 껴안아 주셨다

어머니 돌아가신 지 올해로 15년, 그동안 많은 세월이 흘렀어도 지키지 못할 약속을 한 채 떠나온 이 막내딸의 가슴에는 아직도 어머니를 향한 그리움이 강물되어 흐른다.

청산에 살어리랏다

포레스트 카터의 ≪내 영혼이 따스했던 날들≫이라는 책은 '작은 나무(Little Tree)'라 불리던 저자가 체로키 인디언 조부모와 산속에서 성장하던 유년시절의 자서전적인 회상록이다.

그들은 아버지인 산을 경외하고 어머니인 대지 모노라(Mon-o-lah)를 사랑하며 자연의 이치에 순응하며 살았다. 새벽잠에서 깨어나는 산과 떠오르는 태양을 찬미하고 세상만물과 교감하는 영혼이 따스한 사람들의 이야기다.

이민 오기 전, 미국 방문길에 경비행기를 타고 그랜드 캐년을 관광했다. 비행기는 험준한 산악지대를 곡예하듯 날아가는데 안내원이 송림 우거진 깊은 계곡을 가리키며 인디언 보호구역이라고 했다. 만약에 비행기가 저 산 아래로 불시착하면 인디언처럼 버팔로를 잡아먹으며 살아야 한다고 농담했다. 모두들 웃었지만 나는 이곳 산도 한국처럼 먹을거리가 풍성할까 궁금했다.

어릴 적 고향 산과 들에는 자연의 혜택이 풍성했다. 봄이 오면 나뭇가지에 새잎이 돋아나고 예쁜 꽃들이 피기 시작한다. 어머니는 산에 오르면 사람이 먹을 수 있는 산나물을 용케도 찾아내셨다.

두릅을 따면서 아버지가 좋아하는 나물이라 하셨고 고사리, 냉이, 쑥을 캐면서 봄나물은 보약이나 마찬가지라고 하셨다. 여름에는 더덕과 도라지를 캐고, 진자주색 꽃이 핀 칡넝쿨을 따라 땅을 후벼파면 팔뚝만한 칡뿌리가 나오기도 했다.

가을이야말로 아이들에게는 가장 즐거운 계절이었다. 잘 익어 떨어진 알밤을 주워 모으고 가지가 휘도록 빨갛게 열린 감을 장대로 땄다. 자연은 끝 모르게 베풀고, 사람들은 과욕하지 않고 필요한 만큼만 취하며 자족하였다.

한 해를 마감하는 겨울, 어머니가 칡차를 달이고 체로키 할머니가 말린 제비꽃차를 끓여 마실 수 있음은 자연의 지극한 은총이다.

인디언 할머니가 화톳불을 피워놓고 의자에 앉자 "숲도, 나무를 스치는 바람도/ 이젠 모두 그가 온 걸 알지./ 아버지 산이 노래 불러 맞아준다네." 나직한 목소리로 노래 부르며 사슴가죽으로 모카신을 지을 때, 우리 어머니는 등잔불 심지를 돋우어 길쌈하시며 바람소리에 귀 기울였으리라.

우리는 우주여행을 목전에 둔 고도의 문명시대에 살고 있다.

그럼에도 문명의 혜택과 편리함을 마다하며 굳이 시골이나 산속으로 생활터전을 옮기는 젊은이들의 이야기가 심심치 않게 들려온다. 정년퇴직 후에나 꿈꾸어 볼 자연으로의 귀의를 한창 나이에 시도하다니 신선한 충격이 아닐 수 없다.

나도 가끔은 자연으로 돌아가고 싶다. 문명의 혜택을 거부하는 미국의 애미쉬(Amish) 집단이나 전통적 가치를 지키려는 청학동 사람들과는 동기가 다르지만 고요한 마음으로 살고 싶어서다. 어쩌면 문명과식으로 체증이 생겼는지도 모른다. 청산은 아니더라도 시골에서 텃밭을 일구어 채소를 심고, 꽃도 가꾸며 꽃잎이 피고 지는 소리, 바람이 전해주는 밀어를 들으며 살고 싶다. 시끄러운 문명의 소용돌이로부터 벗어나 달빛 고요한 밤에 칡차를 마시며 사유할 수 있다면 그보다 더한 행복이 어디 있으랴.

체로키인디언 할머니가 산을 아버지라 부르고 땅을 어머니라고 노래했다. 청산은 자상한 부모처럼 번잡한 문명에 찌들고 지친 몸을 품어주며 마음을 치유해 주리라. 따스한 영혼을 갈망하며 청산에 드는 사람들이 늘어간다는 것은 자연의 소중함을 깨달았다는 의미이기도 하다.

"살어리 살어리랏다 청산에 살어리랏다, 머위랑 다래랑 먹고 청산에 살어리랏다."

청산별곡 가락이 내 가슴 안을 흐른다.

빨래하는 여인

뉴욕 타임스퀘어 광장에 인파가 북적인다. 흐르는 세월에 금을 그어 몇 초만 지나면 새해가 시작된다며 열광한다. 새로운 출발에는 언제나 희망이 있기 때문일까, 환호하는 사람들의 열기가 차가운 맨해튼의 거리를 녹인다.

새해를 경축하는 폭죽이 밤하늘을 찬란하게 수놓는다. 불꽃이 하늘에 아름다운 꽃송이로 피었다가 가슴속으로 파고든다. 올해에는 저마다 바라는 소망이 예쁜 꽃을 피우는 한 해이기를 기원해 본다.

매 해마다 이 시각이 되면 사람들은 새로운 각오를 다지며 새해를 맞을 것이다. 나 또한 더욱 보람되게 살고 싶은 마음으로 한 해를 연다.

한밤중이지만 텔레비전 앞에서 자리를 털고 일어나 빨랫감을 모아 세탁기에 넣는다. 세제를 넣으며 얼룩 같은 어제를 지우고 번민으로 때 묻은 내 마음도 청결해지기를 소망해 본다.

세월과 욕망은 정비례하는 것일까, 신혼시절만 해도 주어진 여건에 감사하며 살았는데 세월이 흐를수록 욕심이 많아지는 것 같다. 당시에는 마렉 홀라스코(Marek Flasko)의 ≪제 8요일≫을 읽으며 삼면의 방이라도 함께 지낼 수 있기를 소원하는 연인의 이야기에 마음이 아팠다. 나는 가진 것은 그리 많지 않아도 사면이 벽으로 온전한 방에서 사랑하는 사람과 함께 할 수 있어 행복했다. 봄에 담장을 뒤덮은 넝쿨장미의 매혹적인 자태는 얼마나 아름다웠던가.

그때는 작은 것에도 만족할 줄 알았다. 일이백 원으로 장만한 소박한 밥상에도 즐거움이 있었다. 남들이 호의호식한다 해도 부러운 줄 몰랐고, 허용된 환경보다 나은 앞날을 위하여 알뜰히 살림하며 저축해야 한다는 일념뿐이었다.

처음 세탁기를 장만하고 손빨래에서 해방되었을 때의 기쁨을 잊지 못한다. 요즘에는 각 가정의 필수품이어서 그리 대단치 않지만 당시 우리나라에서 가스레인지나 세탁기는 생산되지 않던 시절이었다.

아껴 모은 돈으로 세운상가에서 삼만 원짜리 외제세탁기를 구입했다. 그 시절 샐러리맨이었던 남편 월급의 절반 정도 되는 시세였으니 우리에게는 큰맘 먹어야 장만할 수 있는 가전제품이었다. 이웃들이 세탁소를 차릴 거냐고 신기해하며 부러워 했다. 지금 생각하면 절로 웃음이 나지만 나에게는 일생 중 행복했던 순간으로 기억된다. 어려운 시대였기에 신세대들은 도저히 실감할 수 없는 값진 추억거리 하나를 더 가진 셈이다.

물질문명이 빠르게 발달하면서 현대인들은 옛날의 왕후장상보다 더 나은 환경에서 생활한다. 그럼에도 불구하고 사람들 마음속엔 만족보다 불만이 더 많아 보이니 어인 일일까.

법정스님은 '소욕지족(小欲知足) 소병소뇌(小病小惱)'라 하셨다. 모자람으로 넉넉할 줄 알며, 덜 아프고 덜 걱정하라는 뜻일 것이다.

만약에 우리 모두가 스님 말씀을 행동으로 실천할 수 있다면 시기와 질투, 분쟁이 없는 세상이 될 것 같다. 누구나 평화를 사랑하고 원하면서도 쉽게 비울 수 없는 마음이 문제이리라.

초심으로 돌아가 욕심으로부터 자유롭고 싶다. 예전에 때 묻지 않았던 검소한 행복이 그리워진다. 살다보니 행복한 삶이란 물질의 혜택이 많고 적음이 아니라 얼마나 마음이 평화로운가에 달려 있는 것 같다. 그러니 행복과 자족(自足)은 같은 의미가 아니겠는가.

세상욕심이 비누거품처럼 일어나면 자연을 찾아 계곡물에 꽃잎 띄우듯 흘려보내련다. 마음속에 남아있는 얼룩도, 슬픔도, 세월의 먼지도 같이 빨아내어 옥양목처럼 눈부시게 희어질 때까지 빨래하는 여인이 되리라.

시각이 달라진다

미국 다저스 야구팀에 매니 라미레즈(Manny Ramirez)라는 선수가 있다. 전에는 보스턴 팀의 주전선수였는데 같은 리그에 속해 있다보니 그의 경기를 종종 볼 수 있었다. 그는 다 잡은 다저스 팀의 목전 승리를 한 순간에 역전패시키는 장본인이기도 했다. 작달막한 키에 궁둥이는 오리처럼 씰룩거리고 운동선수답지 않게 뱃살은 튀어나왔으며 머리에는 새끼줄 같은 브레드를 주렁주렁 달고 푸른 색 보자기를 두르고 다녔다. 입담배를 질겅거리는지, 껌을 씹는지 연신 입을 씰룩거리며 침을 뱉는 자태가 꼴불견이어서 보기 싫었다.

그런 그가 몇 년 전 다저스 팀으로 이적해 왔다. 유니폼만 바꿔 입었지 변함없는 모습과 행동거지인데도 요즈음은 그가 예뻐만 보이니 마음먹기 나름이라는 말이 가슴에 와 닿는다. 명실공히 팀의 주전타자로 맹활약하는데 오늘은 보스턴 팀과의 경기에서 호쾌한 홈런을 날려 속을 시원하게 해 주었다. 뒤뚱거리며 뛰는 모습까지도 귀엽다.

구장에 모인 팬들의 열광하는 환호에 집에서 응원하는 내 마음도 덩달아 그 뜨거운 열기와 함성에 흠뻑 빠져드는 순간이다.

매니 라미레즈 선수가 있어 다저스 야구팀이 더욱 좋았는데 그가 약물복용으로 몇 개월 결장하는 동안은 다저스 게임을 보는 재미가 없었다. 그가 출장 금지기간이 끝내고 다시 팀으로 복귀하면서 "나 집에 왔어." 애교를 떨며 손 흔드는 그의 얼굴이 TV 화면에 비치니 떨어져 있던 자식의 얼굴을 보는 듯 반가웠고 가족 같은 유대감마저 들었다.

우리는 때때로 본질을 외면하고 비난의 화살을 쏘아대는 편견이란 어리석음을 범하곤 한다. 그러나 편견에서 벗어나야 삶이 자유로워지고 선택의 폭이 넓어진다. 아집과 편견을 버리고 본질을 알면 세상이 달리 보이고 시각이 달라짐을 깨닫는다.

Chapter 2

기적소리

자정이 넘은 시간에 화물열차는 내일의 희망을 싣고서
캄캄한 밤을 달린다.

행여나 꿈꾸는 꽃봉오리들을 깨울까,
어미 품에 잠든 다람쥐새끼들을 깨울까,

은은하면서도 길게 여울지는 기적소리가
잠 못 이루는 나의 영혼을 깨운다.

나트랑에서 온 편지

한낮을 뜨겁게 달구던 태양은 어디로 숨었을까.

싸늘한 밤공기는 옷깃마저 여미게 하는데 머리 위에는 쏟아져 내릴 것 같은 영롱한 별들이 팔월의 요세미티 밤하늘에서 축제를 벌이고 있다.

시냇물에 다이아몬드를 뿌려놓은 듯 반짝이며 흐르는 은하수, 일곱 아들이 죽어 별이 되었다는 북두칠성, 길손의 지표가 되어주는 크고 밝은 북극성, 수많은 별들이 나 보란 듯이 와와 소리를 지르는 것 같다.

이런 밤엔 누군가와 다정한 이야기를 나누고 싶어진다.

흉허물 없는 고향친구라도 옆에 있어 옛이야기를 풀어가며 별을 셀 수 있다면 얼마나 좋으랴. 한여름 밤 고독 속에 아득한 추억이 날갯짓 하며 내게로 온다.

빈센트 반 고흐의 <별이 빛나는 밤> 그림 속에 나오는 풍경처럼 어릴 적 시골집에서 바라보던 여름밤의 별들은 뚝 뚝 떨어질 것같이 크고 황홀했었다.

마당에는 향긋한 냄새를 풍기며 쑥불 연기가 피어오르고 식구들은 우물물에 담가 두었던 수박을 나누며 오순도순 이야기꽃을 피웠다. 눈 안으로 가득 차오르던 별들은 밤이 깊어 갈수록 속삭임도 청아하게 높아졌다.

그 시절, 순진한 소녀의 마음에 설렘으로 다가왔던 사람이 있었다.

"아프로디테가 빚는 듯한 희미한 불빛 아래 그대에게 편지를 쓰오."

감미로운 사연으로 마음을 사로잡았던 사람은 생사를 가르는 전쟁터에서 십자성을 바라보며 외로움과 그리움을 달래는 파월 맹호부대 장병이었다.

학창시절에는 "국군장병 아저씨들 덕분에 저희가 편안히 공부하고 있습니다." 라는 상투적인 위문편지를 써야만 했었다. 공부 시간에 의무적으로 쓰는 편지는 마음이 담겨있지 않은 진부하고 형식적이었으며 답장 같은 것은 아예 기대하지도 않았다.

어느 날 담임선생님이 빨간색 테두리를 두른 국제우편봉투를 전해주었다. 예비숙녀라고 부르며 내가 알지 못하던 미지의 세계로 인도해 주던 군인아저씨와의 첫 인연이었다.

기억이 아스라하지만 우리는 일 년 넘게 편지를 주고받았다.

명문대 도서관학과에 다니다가 군에 입대했다는 그 사람은 그리스 신화와 천체에 해박한 지식이 있었다. 제우스신이 디오네(Dione)와의 사이에서 사랑의 여신 아프로디테를 낳았으며 신들의 사랑과 전쟁, 그리고 권력 싸움 등, 전해주는 사연마다 흥미로운 이야기들로 가득했다. 또한 성좌의 명칭과 전설을 읽을 때면 더욱 친밀하게 느껴지는 밤하늘을 올려다 보며 나는 얼마나 많은 상상의 나래를 폈던가.

능소화가 피어있는 마당의 평상에 앉아 편지를 읽고 하루의 일과를 재잘거리듯 답장을 썼었다. 그가 우리나라에서는 보이지 않는다는 남십자성 대신 북두칠성을 바라보며 정글의 포화 속에서 무사하기를 기원하기도 했었다.

요세미티 산중에서 바라보는 여름밤 하늘은 온통 보석처럼 빛나고 있다. 연인의 목에 걸어주고 싶다는 저 별들은 수십 수백 광년 전에 지구를 향하여 떠났다는 별빛이다. 상상을 초월하는 긴 세월을 달려오면서 변함없이 빛을 잃지 않음이 경이롭다.

별이 아름다운 여름밤에 시인은 노래하고 화가는 화폭에 담고, 나는 그저 흘러간 사람을 생각한다. 가슴에 묻혀 있던 소중한 기억의 조각들이 별이 되어 하늘로 오른다. 환상의 날갯짓으로 은하수를 건넌다.

오늘밤은 기억상자 속에서 별 하나를 찾아 행복하다. 나트랑 군인아저씨도 어쩌다 별빛 젖어드는 밤이 되면 자신의 무사귀환을 빌어주던 풋풋한 소녀를 생각하려나.

여름밤에 고운 추억은 별똥별이 되어 길게 여운을 남긴다.

가을이 참 좋다

노을이 붉게 물드는 시각에 저녁 산책을 나섰다. 가을 향기 품은 바람은 거리의 나뭇잎과 술래잡기를 하고 발에 밟히는 낙엽 소리에 옛 친구가 떠오른다.

우리 학교 교정에는 플라타너스가 울타리처럼 빙 둘러 있어 봄이 오면 앙상하던 가지에 연두색 새순이 돋아나 하루가 다르게 자라났다. 아기손만 하던 잎이 어른 손바닥보다 커지면 여름이 찾아왔다. 여름 내내 푸르다 못해 검푸른 잎은 시원한 그늘이 되어 주었고, 그 아래 소녀들의 재잘거림은 끝이 없었다.

가을이 되면 무성하던 잎들이 하나, 둘 떨어지기 시작했다. 바람에 뒹구는 낙엽을 보며 선홍빛 노을이 질 무렵까지 소녀들은 누군가를 그리워하고 사춘기의 터널을 지나며 가슴앓이를 했다.

"시몬, 나뭇잎 져버린 숲으로 가자/ 낙엽은 이끼와 돌과 오솔길을 덮고 있다."

구르몽의 시를 읊으며 텅 빈 교정에서 떨어지는 낙엽소리에 귀를 기울이기도 했다. 인생의 꽃이었던 학창시절, 소녀시절의 꿈과 이상은 미지의 세계로 달려가고 있었다.

서울을 방문했던 늦가을에 친구와 함께 수덕사를 찾았다. 낙엽 쌓인 산길을 걸으며 오랜만에 풀어놓는 정담이 굽이굽이 산길을 따라 이어졌다. 친구는 떨어지는 낙엽이 불쌍하다 눈물짓던 소녀였다. 세월이 그녀를 백발이 늘어나는 어른으로 변모시켰지만 소녀처럼 순수한 미소는 어쩌지 못한 것 같았다. 여전히 해맑은 미소가 예뻤다.

"시몬, 너는 좋으냐. 낙엽 밟는 소리가/ 낙엽은 아주 부드러운 빛깔, 너무나도 나직한 목소리를 지니고 있다."

친구와 함께 기억을 더듬어 시구를 읊어보는 발길에 낙엽이 자연의 밀어를 속삭이니 소녀시절처럼 가슴이 설레었다. 어찌 이토록 아름다운 시어를 가슴 밑바닥에 묻어두고 각박하게 세상을 살아왔을까.

벽 한 면을 가득 채운 친구네 집 서가에서 주옥같은 명작들을 처음 대했다. 구르몽을 만나고 제인 에어, 춘희, 테스 등 수없이 많은 책 속의 주인공과 울고 웃었다. 친구 말에 의하면 나는 커서 소설가가 되고 싶다고 말했다 한다.

하고 싶은 것들이 많아 성장할수록 이상도 바뀌었지만 글을 쓰겠다고 말한 기억이 없다. 친구야말로 글짓기도 잘하고 그림도 잘 그렸다. 어려서는 꿈꾸는 대로 이루어지리라 믿었지 좌절과 아픔이 따른다는 사실을 생각지도 못했었다.

"가까이 오라/ 우리도 언젠가는 가벼운 낙엽이 되리라/ 가까이 오라/ 벌써 밤이 되고 바람은 우리를 휩쓴다"

이제 우리에게는 어른이 되기 위한 사랑의 열병도 과욕의 시절도 다 지나갔다. 해 질 녘 낙엽의 모습은 쓸쓸하다고 시인은 노래하지만 바스락 발길에 밟히는 낙엽 소리가 귀하게 들리고, 심장까지 파고드는 따스한 가을 햇살도 고맙다.

가을이 주는 풍요로움 속에 내 영혼이 맑아지며 자유로움을 느낀다. 어머니가 생솔가지와 낙엽을 아궁이에 태울 때 피어오르던 나뭇잎 진한 향기가 차츰 내 인생에도 배어 든다. 이 시간에 내가 존재한다는 사실이 행복하다.

아, 이 가을이 나는 참 좋다.

그때 그 사람

세월이 흘러도 잊히지 않는 사람들이 있다.

오래 전, 엘에이에 유학중이던 딸과 함께 크리스마스를 보내고 서울로 돌아가는 비행기 안에서 그를 처음 만났다. 승무원의 안내를 받아 자리를 잡으니 창가 쪽 좌석에 먼저 앉아있던 그 사람은 얼굴 가득 피곤한 기색으로 눈을 감고 있었다. 날카로워 보이는 오뚝한 콧날에 세련된 30대 중반의 그는, 전문직에 종사하는 사람인 듯싶었다. 내가 바로 옆에서 신문을 뒤적이며 부스럭대도 모르는 척 가끔씩 긴 속눈썹만 파르르 떨고 있었다.

승무원이 조그만 등받이 탁자를 내리고 하얀 식탁보를 깔았다. 꽃대가 긴 빨간 장미 한 송이로 분위기를 내며 애피타이저로 캐비아와 훈제 연어를 서빙했다. 그가 몸을 바로 세워 앉더니 무슨 와인을 좋아하시느냐며 처음으로 말문을 열었다.

"글쎄요, 술은 잘 못하지만 한 잔 할까요?"

그는 이름도 생소한 와인을 주문하여 승무원을 난감케 하더니 어렵사리 선택한 와인을 잔에 따라주며 건배를 청했다. 달착지근한 포도주로 입술을 적시면서 알콜 기운인지 아니면 젊은 동행자 덕인지 즐거운 비행시간이 될 것 같다는 생각을 했다.

생면부지여도 요샛말로 코드가 맞으면 쉽게 친해진다. 처음 대화를 나누어도 선호하는 주제나 취향이 맞다 싶으면 어느 순간 오래된 친구처럼 자연스럽게 친숙해진다. 어쩌다가 화제가 건축 분야로 흘렀는지는 모르겠으나 내가 흥미롭게 듣고 있다고 믿었음인가, 그가 두껍고 무거워 보이는 앨범을 꺼내들었다.

마우이 섬에 새로 지었다는 호텔의 기초공사부터 완공까지의 공정(工程)사진들이 정성스레 정리되어 있었다. 밤을 지새워가며 수없이 회의를 열어 공사계획을 보완하고 손질하면서 호텔을 완공하기까지의 고충을 털어놓는 그의 표정이 진지했다.

호텔 로비에 들어서면 카운터 뒷면 벽이 바닥에서부터 천장까지 통유리로 설계되어 있어 짙고 푸른 바다가 넘실거렸다. 그곳을 오가는 사람들이 마치 바다 속을 유영하고 있는 듯 환상적이고 최고급 실내장식과 열대 식물들이 지상낙원이라는 하와이의 정취를 잘 표현하고 있었다.

어느 분야에서나 맡은 바 일에 몰두하며 최선을 다하는 사람들은 아름답다. 또한 한 발 앞서 자신의 분야에 족적을 남기는 사람들은 분명 뛰어난 예지와 실천의지로 촌음을 아끼는 사람들일 것이다.

눈 뜨고 나면 새롭게 세워지는 첨단공법으로 지은 웅장하고 화려한 건축물을 볼 때마다 인간의 재능에 감탄한다. 나 같은 범인(凡人)들이야 그들이 각고의 노력과 땀으로 이루어 놓은 곳에서 그 혜택을 누리기만 하면 되니 어찌 감사하지 않으랴.

현시대는 제동장치가 풀린 자동차처럼 문물(文物)이 빠르고 눈부시게 발전하고 있다. 아마도 18년 전에 돌아가신 어머니가 다시 환생하신다면 당신이 사시던 세상이 아니라고 곧장 떠나실지도 모른다는 생각이 들 정도다.

한강유람선 식당 창가에서 다시 마주앉아 야경을 바라보는 그 사람의 얼굴이 강물에 어른거리는 불빛처럼 간간이 흔들렸다. 빠듯한 일정에 정신없이 동분서주하다보니 잠시나마 휴식을 취하고 싶어서 실례를 무릅썼다며 예의를 차렸다.

능력 있는 사람을 축복받았다고들 한다. 그때 나는 목표를 향해 전력투구하며 혼신의 노력을 다하는 그가 안쓰럽기조차 했다. 그럼에도 그가 감내해야 할 고통조차도 나에게는 아름답게 보였으니 평범하게 살아가는 자의 부러움이었을 것이다.

어려서 미국으로 이민 갔다는 그에게 헤어지면서 한국의 정서가 담긴 이동원의 <향수>라는 노래 테이프를 선물로 내밀었다.

"넓은 벌 동쪽 끝으로 옛이야기 지줄대는 실개천이 휘돌아 나가고, 얼룩빼기 황소가 해설피 금빛 게으른 울음을 우는 곳, 그곳이 차마 꿈엔들 잊힐리야."

그의 외롭고 고달픈 여심(旅心)에 포근한 평온이 함께하기를 바라는 내 마음이 전해졌을까? "엘에이로 돌아가면 마(魔)의 405 프리웨이가 지루하지 않겠네요."라며 환하게 웃던 그때 그 사람은 지금 어디서 무얼 하고 있을까.

기적소리

기적소리가 가슴을 적신다.

한밤을 지새우며 산업을 나르는 화물열차의 기적소리다. 대부분 사람들은 하루의 일을 내려놓고 잠들었을 자정이 넘은 시간에 화물열차는 내일의 희망을 싣고서 캄캄한 밤을 달린다. 행여나 꿈꾸는 꽃봉오리들을 깨울까, 어미 품에 잠든 다람쥐새끼들을 깨울까, 은은하면서도 길게 여울지는 기적소리가 잠 못 이루는 나의 영혼을 깨운다.

오늘 낮에 공원에서 손자와 함께 미니기차를 탔다. 은퇴한 할아버지들이 수년에 걸쳐 손수 레일을 깔고 신호기를 설치하고 터널과 다리를 놓고 꽃과 나무를 심어 아름다운 동화마을을 조성했다.

우물가에서는 여인들의 정담이 오가고 건장한 청년들은 집을 지으려 망치를 하늘높이 치켜들었다. 또 하나의 꿈과 사랑이 공존하는 작은 세상이 펼쳐져 있었다.

"그래마, 추추 트레인!"

신바람 난 손자와 함께 기차를 타고 한 바퀴 돌아보는 동안 아이들의 웃음소리가 파란하늘에 메아리처럼 울려 퍼졌다. 연신 조잘거리는 손자의 눈에는 모든 것들이 아름답고 신기한가 보다. 어미품에서 조금씩 엿보는 세상이 마냥 즐겁고 새로우리라.

기관사 할아버지는 이정표가 있는 교차로에 가까워지자 속도를 줄이더니 힘차게 기적소리를 울렸다. 손자에게는 세상살이의 시작을, 살만큼 살아온 나에게는 인생종착역이 그리 멀지 않았음을 알려주는 것 같다.

어렸을 적에는 인생길은 가도 가도 끝이 없는 먼 길이라 생각했다. 하루빨리 어른이 되고 싶은데 마치 고향길 가는 완행열차처럼 느리기만 했다.

지금 와서 지나온 세월을 뒤돌아보니 내가 탄 기차는 완행열차가 아니라 급행열차였던 것 같다. 융단 같은 초록빛 보리밭 위에서 노래하는 종달새와 들녘에 수줍게 피어난 제비꽃들과 인사도 제대로 못하고 지나쳤다. 또한 옥야천리(沃野千里)가 드넓게 펼쳐져 있어도 고마운 줄 몰랐다.

쉼 없이 앞만 바라보고 달려온 길, 그 길목에서 이제는 젊은 시절과는 전혀 다른 기적소리가 들린다.

아이들에게 꿈과 희망을 주려고 즐겁게 고된 작업을 하는 주름진 손길이 세상을 아름답게 만든다. 황혼에 이르러서도 내일을 설계하는 그들의 참사랑이 기적소리가 되어 울린다.

딸도 사랑의 기적소리를 행동으로 실천한다. 작은 성의지만 유니세프에 매달 후원금을 보낸다. 세네갈의 한 아이와 결연하여 편지를 주고받더니 그애의 사진을 책상 앞에 놓고 수시로 바라본다. 까만 얼굴에 눈망울이 크고 선하게 생긴 남자아이가 사진 속에서 웃고, 딸은 그 모습을 보며 행복한 미소를 짓는다. 생활비를 쪼개어 선물을 보내면서도 그 아이가 자신에게 기쁨을 준다고 믿는다.

누구에게나 마음 깊은 곳에서 기적소리는 울릴 것이다. 때로는 그 기적소리가 잊었던 양심을 깨우고 주변을 돌아보며 감사의 마음을 불러일으키기도 한다.

이 사랑의 기적소리가 널리널리 퍼지면 우리의 세상도 오늘 손자와 함께 보았던 작은 마을처럼 평화로울 것이다.

요즘은 하루를 1,440분으로 살아간다. 촌각이라도 헛되이 보내지 않으려는 마음에서다. 그런데도 아직 자신을 위한 일상사만으로도 벅차니 언제 세상을 향하여 굽은 손을 내밀 수 있을까.

이 밤에 달리는 열차처럼 세월은 그저 흘러가는 것이 아니라 우리들도 이웃을 위해 보람되게 살아가기를 기대하는 것이 아닐까.

늦깎이

세월은 나이와 정비례 속도로 달린다더니 해가 갈수록 가속이 붙는다.

아이들 뒷바라지하던 시절에는 정신없이 사느라 세월이 가는지 오는지 모르고 지냈다. 어느덧 자식들이 하나 둘 분가해 나가고 나니 일손도 줄어 여유를 즐길 만도 한데, 어찌된 영문인지 특별히 하는 일도 없이 세월이 빠르게만 흐른다.

오늘 아침에는 눈을 뜨자 불현듯 타계하신 시어머님이 생각이 났다. 햇수를 따져보니 세상 떠나신 지 30여 년이 흘렀고, 어머님의 일생보다 내가 한 해를 더 살고 있다. 어머님과 비하면 이제부터 나의 여생은 덤이 되는 셈이다.

어른들에게 "백수 하십시오."라고 축원 드리면 무슨 욕먹을 소릴 하느냐던 시절이 있었다. 그런데 이제 인간의 수명이 100세를 기대할 수 있다니 계절로 치면 나는 가을 초입쯤에 들어섰나 보다.

가을은 수확과 월동을 채비하는 계절이다. 시어머님은 아들 하나 잘되기를 바라며 땀 흘려 자식농사를 지으셨으나 수확의 기쁨도 채 누리지 못하고 가셨다.

사 남매 중에 셋을 피난길에 잃으시고 하나 남은 아들을 애지중지 키우셨다. 아들이 의젓한 성인이 되어 사회에 첫발을 내딛고 며느리를 들이고 손녀의 재롱을 보는가 싶더니 환갑 연세에 가셨다.

신혼 초에 친구와 점집에 간 적이 있다. 시어머님 생년월시를 넣으니 90세까지 장수하시겠다고 했다. 기뻐하실 거라 생각하며 어머님께 말씀 드렸더니 "나는 자식들을 앞서 보내고 가슴이 숯덩이처럼 새카맣게 타버려서 오래 살지 못한다."라고 하셨다. 그래서 일까, 하필 그 해에 유방암이 발병하여 수술과 방사선치료를 받느라 고생을 많이 하셨다.

시어머님이 살아오신 험난한 인생길을 젊은 며느리가 어찌 이해할 수 있겠는가. 딸처럼 대해 주셔서 남들은 모녀지간 같다 했지만 사고방식과 생활방식의 차이가 곳곳에서 불거지곤 했다.

내가 매니큐어라도 칠하면 손톱도 숨을 쉬어야 하니 숨구멍을

막지 말라 하셨고, 액세서리를 좋아하여 귀걸이라도 하면 살림하는 여자에게 어울리지 않는다고 참견하셨다. 딸의 머리를 길러 곱게 묶어주고 싶었지만 머리칼이 조금만 자라면 눈 찌르겠다며 앞머리를 싹둑 잘라내셨다.

며느리들이 모여 시집살이 사연을 풀어 놓으면 어찌 한 밤인들 모자라지 않으랴. 남편의 세숫대야에 걸레를 빨다가 불호령을 받은 일, 매일 벗는 속옷을 돌비누로 빨아 가루비누를 조금 넣고 삶으라는 둥, 살림물정을 모르는 새색시에게는 어려움의 연속이었다.

아픈 만큼 성숙한다던가, 시어머님의 극성으로 나는 겁 없는 살림꾼이 되었다. 짧은 생애를 예견하시고 그렇게 많은 것들을 가르치셨는지도 모르겠다는 생각이 든다. 돌아가실 임박에는 너만한 살림꾼도 보기 드물다며 합격점을 주셨다.

어머니와 함께 한 세월이 6년이었다. 그때는 한 이불에 다리를 나란히 묻고 텔레비전을 보아도 서로 이해가 달랐다. 반 고흐가 빨간 태양을 노랗게 그렸듯이, 내 눈에 보이는 세상사가 어머니께는 노란색일 수도 있었겠구나 하는 인식의 차이를 지금에서야 이해할 수 있다.

그러나 당시에는 산전수전 다 겪으신 시어머님과 망아지처럼 뛰놀던 철부지 며느리의 세상사가 다를 수 있다는 것을 몰랐다.

그래서 어머님이 까맣다고 하시면 나는 곧이곧대로 하얀 색이라 우기기도 했다.

세월은 위대한 스승인 것 같다. 젊어서부터 모든 것을 다 알게 된다면 무슨 후회와 여한이 있으랴. 세월이 한참 흐른 후에야 깨닫게 되니 아쉬운 일들이 한두 가지가 아니다.

시어머님보다 이십여 년을 더 사신 친정어머니를 내가 그리워하는데, 남편은 당신 어머니가 얼마나 보고 싶을까.

사돈이 오이를 꼭지부터 먹어도 그러려니 하고 그 집안풍속을 따르라던 친정어머니의 말씀이 새삼스럽다. 가는 세월, 오는 백발이라고 했다. 머리숱에 서릿발이 내려앉는 인생의 가을녘에 들어서야 늦깎이 철이 드는가보다.

스러지는 봄눈

매일 되풀이되는 일상 속에서 무언가 변화가 생기면 생동감이 든다. 내가 여행을 좋아하는 까닭은 새로운 자연을 접하고 배우며 나 자신을 뒤돌아 볼 수 있는 마음의 여유가 생기기 때문이다.

오늘이 입춘이라는 라디오 방송을 들으며 빅 베어로 향한 짧은 여행길에 허물없는 친구들이 함께했기에 햇살은 더욱 빛났다.

정목일 교수의 <웰빙 시대의 수필치료>라는 글 속에 "수필은 자신의 마음을 담는 그릇이다. 어떤 그릇이든 깨끗이 닦아내지 않으면 마음을 담을 수가 없다."는 글귀가 마음을 사로잡는다.

어떻게 하면 마음을 깨끗이 닦아낼 수 있을까. 마음이 밥공기라면 세제를 묻혀 깨끗이 씻어낼 수 있고, 행주라면 삶아 햇볕에 바싹 말려 다시 쓰겠지만 그럴 수 없는 마음속의 속진(俗塵)은 무엇으로 닦아내야 하는 걸까.

빅 베어로의 여행은 마음에 앞서 먼저 눈이라도 닦아내 보자고 나선 길이었다. 가파른 산길을 타고 두 시간 반 만에 도착한 그곳은 마음에 얼룩을 만드는 속세와는 전혀 다른 별천지였다. 8,000피트가 넘는 델라마와 골드마운틴이 장엄하게 가부좌를 틀고, 해발 6,700피트에 위치한 빅 베어 호수에는 하늘이 물속에 가라앉은 듯 검푸른 음영을 띠고 있었다.

도도하게 은백색 면류관을 쓰고 있는 산봉우리, 그 자리에 면벽하고 천 년 세월을 선정(禪定)하는 고고한 나무들, 거대한 곰이 모로 드러누워 휴식을 취하는 듯한 빅 베어 호수, 수면 위로 명멸(明滅)하는 햇살이 자연의 존엄과 경이를 허밍(Humming)하고 있었다.

호숫가 벤치에 앉아 마음의 귀를 기울여 보았다. 내 영혼을 아프게 하는 마음의 때를 어떻게 닦아낼 수 있느냐고 자연에게 물어보았다. 산봉우리에 쌓인 눈처럼 순결하던 마음이 무엇에 현혹되어 수많은 상흔(傷痕)을 만들었는지 자문해 보았다.

남들보다 잘되고 싶은 욕망, 자식들의 성공을 바라는 욕심, 자아실현의 욕구와 갈등, 생각해 보면 젊었을 적에는 이런 것들이 삶의 원동력이기도 했다. 그러나 이제는 못다 핀 꿈들이 마음에 앙금으로 남아 한을 부르기도 한다.

호수에 손을 담가보았다. 산에서 녹아내린 얼음물이 심장까지 찡하도록 차가워 머리가 맑아지며 상쾌해진다. 세상사에 얼룩진 번잡스러운 마음도 꺼내 호수에 넣었다. 이기심, 질투, 허영, 교만, 미움, 미련 등 모두 탈탈 털어내었다. 설거지를 하듯 손가락으로 맑은 물을 휘휘 저으니 깨끗해진 마음이 새롭게 피돌기를 시작하는 듯했다. 삶에 최선을 다하며 살았다면 무슨 후회가 있으랴. 인고의 세월을 불평하지 않는 눈 덮인 산의 저 나무는 자신과 타인의 삶을 비교하며 스스로에게 상처를 내지 않으리라.

이제 봄이 머지 않았다. 곧 꽃들의 축제가 열릴 것이다. 부드러운 바람은 꽃 향기를 나르고, 벌과 나비도 찾아들며 시린 가슴을 내색하지 않던 호수도 봄을 맞이해 따스한 가슴이 될 것이다.

나도 자연의 순리를 가슴에 새기며 희망의 푸른 옷으로 갈아입은 봄을 맞이하리라. 마음의 얼룩은 결국 마음으로 닦아내는 법, 이제부터라도 청청한 마음에 꽃향기 날리는 삶을 살고 싶다. 자연이 들려주는 언어들을 가슴에 품고 내려오는 꼬불꼬불 산모퉁이에 내 욕심 같은 때 묻은 눈이 녹아내리고 있었다.

세코이야의 달빛

달은 순수와 그리움의 상징이다. 달빛을 쳐다보면 마음이 그대로 달빛이 된다. 달은 우리의 정서 속에 녹아있는 고향의 풍물처럼 다정하기에 그리움을 풀어내기에는 제격인 대상이다.

<갑순이와 갑돌이>라는 가요가 있다. 그들은 한마을에서 자라며 서로 사랑했는데 갑순이가 다른 남자에게로 시집을 가자 갑돌이가 달을 보고 울었다는 노래이다.

만월(滿月)이 세코이야 나뭇가지에 걸려 있었다. 세코이야 국립공원이 초행은 아니었지만 이번에는 보름달이 뜬 세코이야 국립공원을 볼 수 있는 행운을 가졌다. 밤 산책을 나서보니 달빛은 태초의 신비를 품고 문명의 세계와는 무관한 자연의 순수함으로 빛나고 있었다.

빽빽하게 우거진 세코이야 나무들은 고운 달님을 안으려는 듯 곧게 하늘로 치솟았고, 달빛은 영혼까지도 깨끗해질 것같이 맑고 투명했다. 혹시나 내 마음속에 더러움이 있다면 그것까지도 비쳐질까 부끄러워 옷깃을 여미었다. 경건하고 온 세상을 사랑으로 감싸 안은 듯이 인자해 보이기도 하며 나무그늘에 숨을 때는 장난꾸러기 아이 같았다.

달빛에 젖어들면 조금 전까지 숨 쉬며 살아왔던 인간세상이 아득히 멀게만 느껴졌다. 달님과 사랑에 빠진 한 그루의 세코이야 나무가 된 듯했다. 숲속에는 달빛 아래 은밀한 자연의 언어들이 빙빙 돌아다녔다. 이 땅의 주인이었던 인디언들이 천제를 올리는 소리, 산길을 올라오며 보았던 아기 곰 잠꼬대 소리, 산자락을 뒤덮은 들꽃과 달님이 소곤거리는 소리, 세코이야의 달빛은 청초하기만 한데 나는 그 달 속에서 열다섯에 시집와 고향이 그리워 달을 보고 울었다는 우리 어머니의 얼굴을 떠올렸다.

여름방학이면 찾아가곤 하던 큰집에서의 여름밤, 모깃불 피워 놓고 평상에 누워 바라보던 고향달도 세코이야에서 보는 달과 닮아 있었다. 영롱한 별들은 금방이라도 뚝뚝 떨어질 것만 같았고, 한여름밤의 달빛은 손가락 사이로도 빛이 났다.

헛간 초가지붕 위에 피어난 박꽃은 하얗다 못해 푸르스름하고 밤이 깊어 갈수록 달빛은 세상을 하얗게 물들여 갔다. 논에서는 개구리 울음소리 요란하고 여치들의 애끓는 사랑노래가 한창이면 평상에 앉은 사람들은 삶은 고구마와 옥수수를 먹으며 이야기꽃을 피웠다. 그때에 어머니가 들려주신 이야기들은 자라나는 아이들에게 삶의 지침이 되는 이야기들이 대부분이었다.

어린 꼬마 신랑이 하루 종일 뛰어놀기에 피곤했는지 이부자리에 오줌을 쌌다 한다. 시어머니 눈치 보며 서투른 일 배우기에 지친 어린 신부는 홧김에 신랑을 지붕 위로 던져 버렸다. 신랑이 지붕 위에서 색시에게 잘못했다고 빌고 있는데, 한밤중의 소요에 시부모가 잠 깨어 밖을 바라보니 아들이 지붕 위에 올라앉아 있었다. 아들에게 지붕 위에는 왜 올라갔느냐고 물으니 어린 신랑은 색시를 향하여 "색시야, 어린 호박을 딸까, 늙은 호박을 딸까?" 하며 자기 색시를 어른들의 꾸중에서 보호했다는 이야기를 들려주셨다. 당시에는 그저 재미있는 얘기라고만 생각했는데, 자라면서 보니 상대를 배려하라는 어머니의 가르침이 함축되어 있어 가끔씩 마음에 새겨보는 이야기 중의 하나다.

같은 이야기도 달빛 아래 앉아서 들으면 더욱 운치가 있다. 베실을 꼬아가며 실의 길이만큼이나 길게 이어지던 평상에서의 이야기는 밤이 깊어가며 모깃불과 함께 사그라졌다.

달이 점점 높아지면서 세코이야 나무들은 은색의 옷을 갈아입었다. 아름다운 자연에 고요가 깃들어서일까, 세상 짐의 무거움도 잊게 하며 마음에 아늑한 평화를 주었다.

당신의 어머니가 그리워 우셨다던 그 달을 보며 나 또한 어머니를 그리는 걸까. 훗날 내 자식들도 달을 쳐다보며 제 어미를 그리워할까. 그 날에 비친 나의 모습은 자식들에게 어떤 색깔의 그리움이 될까.

달빛이 내 가슴에 녹아들었다. 세코이야 국립공원의 밤은 깊어가고 환한 달 속에서는 어머니의 얼굴이 어른거린다.

백수白手를 위하여

남편의 동기생 한 분이 은퇴기념이란 명목으로 친구 부부를 초대했다. 실내 분위기는 알록달록한 풍선과 꽃 장식으로 화사하게 꾸며놓아 마치 유치원 재롱잔치에 온 듯한데, 주인공이 말하기를 생업 일선에서 물러나 할 일 없는 백수(白手)가 되었으니 기념할 만한 일이 아니냐고 했다.

자리를 함께 한 친구들은 학창시절 사과같이 빨간 볼에 초롱초롱한 눈망울의 소년들이었을 터인데 흐르는 세월의 풍상을 고스란히 가슴에 안은 노목이 되어 있었다. 그래도 마음만은 늙지 않았는지 어린아이들처럼 떠들썩하게 즐거워했다.

먼 길 돌아 무사히 여기까지 왔다는 안도감인가, 아니면 최선을 다해 살아왔다는 떳떳함인가, 구김살도 가식도 없는 해맑은 웃음소리가 온 방안에 그득했다.

백수를 위하여 축하의 잔을 들어 건배했다. 백발이 성성한 노병들의 얼굴에 세월의 흔적인가, 주름살이 깊게 파여 있었다. 모두들 인생의 트랙을 한 바퀴 돌아 결승선이 가깝다 생각하니 무상한 세월이 잔에 녹아드는 것 같았다. 만만찮은 낯선 환경에서 역경을 헤쳐 온 노고를 알기에 코끝이 찡해지기도 했다.

무지개다리인 양 태평양을 건너온 남편들은 과연 꿈을 이루었을까. 아이스크림 사달라고 조르는 아이에게 설탕물을 얼려 주었다는 가슴 아픈 아비의 정을 누가 있어 이해할 수 있을까. 밤을 꼬박 새우며 빌딩 청소를 했다는 부부, 수중에 단돈 이백 불을 갖고 엘에이공항에 내렸다던 사람은 누구였더라.

남자들 술자리의 군대이야기처럼 이민 초기의 아픈 사연과 모험담이 오갔다. 당시만 해도 젊음과 보살펴야 할 가족이 있어 용기를 낼 수 있었다고 회고하는 그들은 우리의 자랑스러운 가장들이었다.

자의든 타의든 서바이벌게임처럼 모험심 하나 믿고 겁없이 미국 땅을 밟은 친구들 중에는 성공한 분들이 적지 않다. 전문분야에서 두각을 나타낸 사람, 사업으로 성공한 사람, 예술분야에서 활동하는 사람 등, 그들에게 이곳은 기회의 땅이자 약속의 땅이었다.

그들은 무엇보다도 정직과 성실이 사회가치로 인정받는 토양에서 뿌린 만큼 거둔 것이다. 그러니 그들이 수고로움에서 벗어나 무위백수(無爲白手)로 여생을 즐긴들 누가 탓할 수 있으랴.

경제적인 빈부만이 곧 인생의 성공 여부를 가늠하는 척도일 수는 없다. 낯설고 새로운 땅에 뿌리를 내려 수확해 보려는 개척자 정신은 결실과 관계없이 그 자체로 충분히 값지다. 그런 불굴의 정신을 소유한 탐험가에게 이 땅은 분명 풍부한 가능성이 매장되어 있는 미지의 서부가 아닐까.

망설이는 가족을 달래고 설득해 막상 미국으로 이주한 후 서너 달도 지나지 않아 고향으로 돌아가자는 남편에게 오히려 아내가 자식과 이곳에 남겠다고 선언했다는 이야기를 들은 적이 있다.

미국사람들은 실용주의 정신이 투철하고 허례허식을 모르는 편이다. 분수를 지키며 노력한 만큼의 결과에 감사할 줄 아는 정직한 사회가 사람들을 이곳에 묶어놓는지도 모른다.

백수잔치가 막바지에 이르니 은퇴 후의 계획으로 화제가 바뀌었다. 현업에서 손을 떼고 나면 과연 어떻게 소일하는 것이 바람직할까, 고민하는 표정이 역력했다.

인간의 수명이 백세를 기대할 수 있다고 하니 그만큼 백수의 기간도 길어질 것이다. 그러니 이제부터라도 생존을 위한 투쟁과 의무라는 구속에서 벗어나 여력을 십분 발휘하여 자아실현에 전념할 수 있으면 좋을 것 같다.

은퇴는 종점에 도착해 뒤안길로 입고되는 종착이 아니라 새로운 목적지로 출발하기 위해 자신을 점검하고 기름칠하고 시동을 거는 시발이어야 할 것 같다. 훗날 인생의 막을 내리고 저승으로 출발하기 전, 자신만만하게 천상병 시인의 <귀천(歸天)>을 읊을 수 있다면 얼마나 행복하랴.

아름다운 이 세상 소풍 끝내는 날
가서 아름다웠다고 말하리라

백수를 위하여!

백전노장들의 굵고 힘찬 건배의 목소리가 합성으로 울려 퍼졌다.

창 너머 풍경

아침 9시경이면 어김없이 30대 초반으로 보이는 여자가 앙증스러운 흰색 말티즈 강아지와 함께 집 앞을 지나간다. 애완견과 산책하는 사람들을 곳곳에서 볼 수 있기에 유별날 것도 없지만, 이 여인은 강아지와 커플룩 차림으로 다니기에 유독 눈에 띈다.

크리스마스 시즌에는 빨간색, 밸런타인데이에는 분홍색, 성 패트릭스에는 초록색으로 계절과 기념일에 따라 달라지니 오늘은 또 어떤 옷을 입었을까 궁금하고 흥미로워 나도 모르게 창가를 기웃거리게 된다. 결혼한 여자일까? 아기는 없나보지? 이런저런 생각을 하며 창밖을 내다보는데 전화벨이 울린다.

가끔 연락하며 지내는 후배가 전화선 너머에서 "언니, 나 개 손자를 봤어요."라며 깔깔 웃는다. 무슨 소린가 했더니 결혼한 지 삼 년이 지나도록 손자 안겨줄 생각을 안 하는 딸이 회사일로 출장을 떠나면서 개를 데려다 놓았다고 한다. 딸은 외지에 가서도 하루에 서너 차례씩 전화를 걸어서 "개밥을 주었느냐, 비타민을 먹이고 산보는 시켰느냐?"며 확인한다고 한다. 손자라도 안겨주었더라면 기꺼운 마음으로 돌보아 주련만, 개를 맡기고 유난을 떠는 딸애가 도저히 이해가 안 된다고 했다.

개로 인한 아픈 상처가 있다. 태어난 지 이십여 일 된 강아지를 친구 집에서 데려왔다. 털이 어찌나 복실거리던지 꼭 곰새끼 같아서 '곰탱이'라 불렀다. 품에 안고 우유를 먹이고 목욕도 시키면서 마치 늦둥이를 본 듯이 귀여워했다. 아이들도 너무나 좋아했다. "곰탱아, 산보 가자!"라 부르면 제 목줄을 물고 와서 빨리 나가자고 보챘다.

아이들이 장성하여 하나 둘 집을 떠나고 살림규모를 줄여야 할 형편이 되었다. 이사 갈 아파트에는 애완동물을 허용하지 않는다 하여 곰탱이가 보낼 만한 집을 물색했으나 찾을 수 없었다. 딸은 개가 어리고 예쁘니 금방 다른 집으로 입양될 거라며 동물보호소에 데려다 주자고 했다. 마음이 아팠지만 어쩔 수 없었다.

이별하는 날, 우리는 곰탱이를 애완견 미장원에 맡겨서 목욕시키고 털과 발톱도 다듬고 최고로 멋을 내주었다. 빨간 리본을 목에 맨 곰탱이가 낌새를 챘는지 눈물을 글썽이며 품에 안겼다. 향기로운 베이비파우더 냄새가 나를 더욱 목메게 했다.

며칠 후, 운동 나갔던 남편이 급하게 뛰어 들며 곰탱이가 지나간다고 소리쳤다. 나는 반사적으로 일어나 맨발로 달려 나갔다. 저만치 개와 함께 걸어가는 사람에게 잠시만 멈추라고 소리치며 따라잡아 보니 같은 종이기는 하나 우리 곰탱이는 아니었다. 주인에게 사과하고 돌아서는데 혹시나 해서 "곰탱아" 하고 불러도 뒤도 돌아보지 않았다.

그 후로 나는 가급적이면 개에게 관심을 두지 않는다. 몇 년 후 다시 넓은 정원이 딸린 주택을 구입하고서도 곰탱이 생각에 다른 개를 키울 수 없었다. '지켜주지 못해서 미안하다.' 셀 수도 없이 혼자서 해본 말이다.

요즘은 애완견을 반려견이라 하며 가족의 구성원으로 인정하는 추세다. 어쩌면 이해타산으로 삭막해져가는 인간관계보다는 이해득실을 따지지 않고 계산할 줄 모르는 동물들을 더 선호하기 때문일지도 모른다. 정을 주면 준만큼 신의를 지키며 주인을 따르는 반려견에게서 사람보다도 더 진한 의리를 느낄 수 있다. 외로운 노인의 곁을 끝까지 지켜준 개가 막대한 유산을 상속받았다 하고, 기르던 반려견이 죽자 스스로 목숨을 끊은 사람도 있다. 인간의 품성에서 그 대상이 무엇이든 사랑하는 마음이야말로 가장 소중한 게 아닌가 싶다.

저 멀리서 노란 옷을 입은 여인이 강아지와 함께 걸어온다.

내 사람 만들기

요즘에 자식들 혼사를 부모 마음대로 결정할 수 있으랴마는 미국에 사는 대부분의 한국 부모들은 가급적 언어와 풍습이 같은 동족과 인연을 맺었으면 하는 바람이 클 것이다.

시월이면 중국계 며느리를 볼 친구가 한국인 며느리를 데려오는 자식이 효자라면서 서운해 한다. 남의 자식 데려다 내 사람 만들기도 쉽지 않은데 이질문화권에서 성장한 며느리를 들이려니 걱정이 앞설 수밖에 없을 것이다.

자식 잘 키워보겠다며 이민 온 지인이 있다. 딸이 공부 잘하고 인물도 빼어나 부모의 기대가 남달랐다. 밤낮없이 일하느라 피곤해도 자식을 생각하면 가슴에는 보람과 기쁨이 넘쳤다. 그런 딸이 흑인과 사랑에 빠져 부모의 반대를 무릅쓰고 저희들끼리 결혼하여 아이를 낳았다.

내가 너를 어떻게 키웠는데 이렇게 배신할 수가 있느냐며 분노해 보지만 딸에게는 먼 산에 메아리일 뿐이었다. 아버지는 그동안 바친 정성이 억울하고 자신의 삶이 실패라는 좌절감에 빠졌다. 사랑했던 만큼 실망도 컸기에 지금까지도 딸과 의절하고 지낸다. 그런데도 핏줄이 무엇인지 손자는 보고 싶어 남몰래 멀리서 바라보다가 참담한 기분으로 돌아온다고 한다.

내 둘째 사위는 프랑스인이다. 젊어 한때 파리에 살아본 적도 있어 그리 낯선 민족이 아닌데도 사위로 받아들이기까지 마음고생이 심했다.

내 딸이 타인종과 결혼하겠다고 알려왔을 때는 정말 억장이 다 무너지는 줄 알았다. 다인종이 모여 사는 미국이기에 어차피 가능성은 피하기 어려웠는데 어찌 나만은 예외라고 생각했는지 모르겠다.

공예가 김영희의 자전적인 책을 읽고 그녀가 열다섯 살 연하의 독일청년과 사랑에 빠져 그를 따라 타국생활을 한다 해도 그 절절한 사랑에 이의가 없었다. 그런데 내 자식의 경우에는 그럴 수 없었다. 서로가 사랑한다는 데야 무슨 수로 말릴 수 있으랴. 어쩔 수 없이 허락하면서 넋두리를 늘어놓았다.

"저 녀석은 전생에 나라를 구했나 보다. 너처럼 예쁜 와이프를 얻다니.” 아깝고 서운한 어미의 마음을 헤아리지 못하는 딸은 “엄마, 전생에 나라를 구한 건 나야, 내가 복 받았다고요.” 라며 한 술 더 떴다.

가정마다 사정은 조금씩 다르겠지만 아이들은 어려서 부모 손에 이끌려 왔거나 이곳에서 태어났다. 자신의 의지와 상관없이 다문화 사회에 섞여졌다.

학창시절을 보내며 성장의 고통과 아픔을 나눈 친구들이 타민족일 경우가 많다. 그러다보니 우정이 사랑으로 발전하기도 하고, 사회생활 중에 만난 이국인과 마음이 통하여 연인으로 발전할 수도 있다.

나보다 한 연배 아래인 지인은 자기 자식들이 빨리 다문화에 동화되기를 바란다고 했다. 세계는 이미 지구촌이라 하여 일일생활권이나 마찬가지이기에 다인종 가정도 당연할 터이니 추세에 역행하며 사회적 걸림돌이 되지 않기 바란다고 했다. 다만 정서적 가치와 사회적 동질성이 엇비슷하다면 어떤 인종이라도 문제될 것이 없다는 의견을 피력했다.

불란서 사위를 맞고 보니 비록 아이덴티티와 생김새가 다르고 언어소통이 다소 어렵다 해도 인간관계는 한국인과 별반 다르지 않다.

한 가족이라는 인식으로 부모 자식간의 도리와 사랑을 나누며 지내다 보니 처음에 섭섭하던 마음도 눈 녹듯 사라지고 점차 정이 들어간다. 아직은 속 깊은 대화를 나눌 수 없어 답답할 때도 있지만 그래도 사위는 한국말 몇 마디라도 익혀 장인 장모를 기쁘게 하려고 노력하니 기특하다.

아들 딸 낳고 오순도순 가정을 꾸려나가는 모습이 예쁘다. 더욱이 부부간에 취미와 취향이 같아 원앙처럼 살아가는 그들이 행복해 보인다.

지난 토요일에는 오이지를 버무리고 있는데 사위가 손자를 안고 들어섰다. 맛 좀 보라며 양념 묻은 손으로 한입 넣어주니 "봉, 봉, 트레 봉." 하며 엄지를 치켜세우는 애교가 밉지 않았다. 게다가 귀여운 손자를 품에 안으니 불란서 사위가 진정 내 사람이 되었음을 실감하겠다.

모란꽃이 피면

서울에 사는 친구가 생일축하카드를 이메일로 보내왔다.

진분홍빛 탐스런 모란꽃들이 모니터 안에서 함박웃음을 짓는다. 마치 우리 학교 화단에 피었던 모란꽃을 보는 듯 예쁘고 반갑다.

모란은 어떤 꽃보다 크고 화려하여 화중왕(花中王)이라 불리지만 그 아름다움이 오래 가지 않는다. 여왕 같은 기품과 우아하던 꽃이 떨어져 내리면 우리는 오월을 보내고 유월을 맞이하게 된다.

내 인생의 봄을 열어주고 어느 날 꽃잎으로 떠나가신 여고시절 선생님이 모란꽃 위에 어른거린다.

오월이면 시골학교 화단에 모란꽃이 색색으로 피어났다. 방과 후 음악실에 남아 노래연습을 하다가 창밖을 내다보면 어느새 어스름이 내리고 텅 빈 교정엔 모란꽃들만 친구 되어 내 노래에 귀

기울여 주곤 했었다. 그 당시 나는 김용호 작사 조두남 작곡인 〈또 한 송이의 나의 모란〉이라는 가곡에 매료되어 있었다. 아름다운 노랫말이 좋아 부르던 이 노래가 내 운명의 서곡이 될 줄이야 어찌 알았을까.

일본에서 음악을 전공한 연로하신 교감선생님이 고등학교 이학년 봄에 우리 학교에 부임하셨다. 그 날도 성악가를 꿈꾸며 연습에 열중하고 있는데 뜻밖에도 그분이 행운의 여신처럼 내게 다가와 당신이 피아노반주를 할 테니 노래를 불러보라고 하셨다.

그 후로 선생님은 올바른 발성법과 주옥같은 가곡, 오페라를 교습해 주며 나에게 정성을 쏟으셨다. 그 덕분에 일 년 후 모 대학에서 주최하는 음악콩쿠르에 입상했고 장학생으로 대학에 입학할 수 있는 길을 열어 주셨다.

인생은 노래처럼 연습할 수 없는 본선무대다. 그러기에 젊은 날에 채 몰랐던 것들을 늦게야 깨닫고 후회하게 된다.

어린 제자를 낯선 서울로 보내고 노심초사 했을 선생님의 타계 소식을 들었을 때 안부조차 변변히 드리지 못한 내 자신이 부끄러웠다. 함께 노래 부르며 쌓인 사제지간의 정이 오래 오래 지속될 줄 알았는데 기다려 주지 않는 세월이 야속했다.

그동안 몇 번이나 모란이 피고 졌을까. 지금도 선생님은 지지 않는 모란꽃으로 피어 사람의 도(道)를 노래한다.

철옹성은 없다

지난 독립기념일에 축구장을 찾았다. 작년도 MLS 우승팀인 시애틀과 엘에이 갤럭시 팀의 경기가 있었다. 갤럭시 팀에는 주장을 맡고 있는 도너반과 젊은이들의 우상인 베컴이 소속되어 있다. 연휴를 맞아 가족이나 친지들과 스타디움을 찾은 관중들은 잔칫집을 찾은 듯 마냥 즐거운 표정이었다. 우리들도 함성과 열기에 편승하여 다인종 축구애호가들과 격의 없이 혼연일체로 경기흐름에 합류하다 보니 어느덧 일상사의 잡념을 잊고 초록의 필드 위에 뛰고 있는 열두 번째 선수가 된 듯 했다.

축구경기는 한 팀에 11명의 주전선수가 출전한다. 부상선수가 발생하거나 작전상 필요할 때 세 명까지 선수교체가 가능하다. 양 팀의 교체 대기선수 여섯 명이 경기 내내 그라운드 밖에서 언제 호명할지도 모르는 출전명령을 기다리며 고독한 연습에 몰두하고 있었다.

경기에서 양 팀 모두 두 명씩 선수교체가 있었으니 결국 두 명은 출전기회를 얻지 못하고 몸만 풀다 경기가 끝났다.

평소에 연습벌레로 소문난 도너반은 전후방 공격과 수비라인을 쉴 새 없이 드나들었다. 그는 지난 월드컵축구 16강전에서 후반종료 3분을 남기고 결승골을 터트려 미국을 8강에 진입시키며 일약 국민의 영웅이 되었다.

누구라도 처음부터 영웅으로 태어나지는 않는다. 각고의 노력으로 준비한 자만이 가능한 칭호일 것이다. 교체선수로 출전했다가 발군의 실력을 인정받아 주전으로 승격된 선수가 허다하지 않은가.

경기가 끝난 후 스타디움에 남은 축구팬들은 독립 235주년을 경축하는 불꽃놀이에 환호와 박수를 보내며 "U.S.A."를 연호했다. 경기에 출전하지 못한 선수들도 구장 어디에선가 찬란한 불꽃을 바라보며 주전선수로 선발될 날을 염원하지 않았을까.

오늘 독일에서 있었던 미국과 브라질의 여자월드컵축구 쿼터파이널에서 미국 팀이 연장전 게임종료 8분을 남기고 동점골을 넣었다. 그리고 승부차기에서 골키퍼의 선방으로 난적 브라질을 누르고 쾌승을 거뒀다. 국민의 환호를 받으며 미국에 새로운 두 여자 축구영웅이 탄생되었다.

부단한 연구와 실전과 다름없는 연습을 반복하는 팀에게 골문은 결코 철옹성일 수 없다. 축구뿐 아니라 자기 분야에서 미래의 주역이 되고자 최선을 다하는 사람들도 언젠가 보무당당하게 개선문을 통과하는 영광의 순간이 있을 것이다.

진인사대천명이라 했다.

대박의 꿈

코리아타운을 지나려니 노인들이 무리 지어 버스에 오른다. 대박관광이라는 로고가 크게 쓰여 있는 것으로 보아 근교 카지노로 향하는 것 같다. 그들의 표정을 보니 모두 웃음꽃이 피었다. 마음속에 대박의 꿈이 있어서인지 즐거워 보였다. 카지노를 경험해본 사람이라면 이해할 것이다. 대박 터지기가 어디 그리 쉬운 일인가. 25센트 동전으로 돈벼락을 맞았다는 이야기는 영화 속에서나 가능하다.

우리가 살고 있는 LA는 축복의 땅이다. 세속적인 표현을 빌리자면 대박의 땅에서 살고 있는 셈이다. 사시사철 온화한 날씨에 시원한 바다가 근접해 있고, 빼어난 명산은 아닐지라도 자연을 즐길 수 있는 산들이 도처에 있다. 한두 시간만 나가면 크고 작은 호수와 살아 숨 쉬는 사막도 만날 수 있다.

그러나 어쩌랴, 도박에 중독된 사람들에게는 아름다운 자연이 눈에 들어오지 않는다. 카드게임이나 현란한 슬롯머신에서 춤추는 그림을 더 좋아한다. 놀부가 박을 타며 금은보화 터지기를 기대하듯 대박을 꿈꾸며 마음 졸인다.

범인(凡人)들이 세상을 살아가면서 어찌 도인처럼 마음 비우고 살아갈 수 있으랴. 때로는 세상살이의 굴레에서 벗어나 무언가 신선한 충격이 필요할 때가 있다.

우리 부부는 몇 년 전에 엔돌핀이 팡팡 쏟아진다는 친구의 권유에 카지노를 따라 나선 적이 있다. 라스베이거스에서 보았던 카지노장이 아름다운 산속에 자리 잡고 있었다.

넓은 홀에는 포커 테이블과 게임기가 빽빽이 들어차 있었다. 슬롯머신에서 흘러나오는 요란한 음악소리는 이성을 마비시키려는 듯 자극적이었다. 저절로 흥이 나며 요지경 속에 들어와 있는 느낌이 들었다.

어느 지인이 좋은 꿈을 꾸고 카지노를 찾았는데 몇 만 불인가 잿팟을 터뜨렸다던 말이 생각났다. 나도 덩달아 기대감에 부풀었다.

시내에서 두세 시간 거리에 카지노장이 우후죽순처럼 생겨난다. 아울러 게임을 즐기는 사람들도 늘어만 간다. 은퇴 후 웰페어에 의존하는 노인들까지 버스로 모셔다가 얇은 주머니를 털어낸다. 무료한 시간을 보내던 어른들이 게임장에 오면 몸이 아픈 것도 잊고 하루가 너무 빠르게 지나간다고 한다. 몸이 불편한 노부모를 위하여 휠체어를 밀고 오는 사람도 보았다. 그러니 카지노는 생기를 불어넣는 매력적인 장소임에 틀림없는 것 같다.

심심풀이로 시작한 카지노 게임이 도박으로 이어져 그 수렁에서 헤어 나오지 못하고 손가락을 절단한 사람을 본 적이 있다. 친구들의 모임에서도 누구는 잭팟이 터졌다 하고, 누구는 카지노에 사업체를 몽땅 바쳤다는 등 소문이 무성하다.

우리 부부도 일 년에 서너 차례 가까운 인디언카지노를 찾는다. 대박의 꿈이야 어찌 바랄 수 있겠냐마는 그래도 서로가 마음이 너그러워져 연애시절처럼 손도 잡고 못 다한 이야기를 술술 풀어낸다. 요즘 항간에 떠도는 조크까지 주고받다 보면 기분은 봄날이 된다. 그러나 귀갓길에는 동전치기 게임을 즐기다가 봄날 같던 기분은 사라진 채 냉랭한 겨울 추위를 안고 돌아오기 십상이다. 내 속이 이렇게 쓰린데 돈 잃은 노인들의 마음은 어떨까.

카지노를 불(火)이라고 생각해 본다. 나방이 멋도 모르고 날아들 듯이 사람들은 환상으로 뛰어든다. 카지노도 이익을 추구하는 사업이다. 인디언을 위한다는 명목으로 허가하고 수익금의 일부는 세금으로 환수하여 공공재원으로 쓰여진다고 하니 명분이 있어 보이나 곧 인터넷 도박까지 허용한다니 걱정스럽다.

사람은 각기 부여받은 본분이 있을 것이다. 재미만 좇다가 세월을 허송하고 레테의 강가에 서면 얼마나 부끄러울까. 그럼에도 불구하고 가끔씩 마이더스의 유혹을 물리치기 어려운 것은 황금 만능시대의 비애일지도 모른다.

Chapter 3

춤추는 허수아비

나의 진정한 가을걷이는 무엇일까.
소유할 때도 비움을 준비하고 빈 들녘에서도 춤출 수 있는
그런 마음을 갖는 것이 아닐까.
가을 들녘의 아름다운 추억을 간직한 채 허수아비는
홀로 즐겁게 춤추고 있다.
외로울지라도 존재의 의미를 반추하며 히죽 웃는다.

일등남편

모임에 나가면 우스갯소리를 잘하는 친구가 단연 인기다. 우스갯소리는 일반적으로 허황된 소리가 대부분이지만 나름대로 동조하며 웃을 수 있기에 남녀 불문하고 좋아하는 화제다.

지난번 모임에서도 한 친구가 느닷없이 "우리 세대의 일등남편이 누구일까?"라며 말문을 열었다. 무슨 생뚱맞은 말을 하려는지 몰라 서로 눈치만 보고 있는데, 우리 세대의 일등남편은 전국노래자랑의 사회를 맡고 있는 송해 씨라고 했다.

이유인즉 팔십이 넘어서까지 돈 잘 벌어오고, 매주 지방촬영으로 집을 자주 비우니 편하고, 좋다는 팔도강산 보양식을 골라먹으니 건강하고, 마지막으로는 집에 돌아올 때마다 특산물을 한아름씩 안고 들어온다니 그야말로 일등남편이 아니겠냐고 했다.

마침 딸이 집에 들렀기에 농담 삼아 이야기를 옮겼더니 자기로서는 도저히 이해하지 못하겠다는 표정이다. 남편이 출장을 간다거나 늦게 귀가하는 날이면 외롭기도 하고 또 매사가 불편하다고 했다. 하기야 결혼한 지 일 년도 안된 딸이 수긍할 수 있는 조크가 아닌 듯싶었다. 세월의 때가 겹겹이 쌓여야 이해할 수 있고, 어쩌다 밤 외출이라도 할 양이면 저녁상을 준비하랴 동동걸음을 쳐야 하는 우리 세대의 여인네들이나 공감할 수 있는 말이었다.

언젠가 선배언니와 뷔페식당에 갔다. 즐거운 이야기도 나누고 맛있는 음식도 들었는데 자리를 파할 무렵 한숨을 쉬더니 가방에서 비닐봉투를 꺼내 들었다.

"밥하기 정말 싫어서, 조금 가져가려고." 남편의 저녁거리를 싸가겠다는 뜻이었다.

얼마나 저녁밥을 짓기 싫으면 교양 있는 사람이 이런 행동을 할까, 당시만 해도 선배언니를 이해할 수 없었다. "너도 조금 더 있으면 알 거다. 친구들끼리 여행을 갈 때나 자식 집에 며칠 머물 일이 생겨도 남편이 걸림돌이란다."라고 했다.

내가 들르는 인터넷 사이트에서 남편 자랑을 자주 읽게 된다. 퇴근해 보니 남편이 저녁을 차려놓았고 식사 후 설거지도 했으며, 빨래를 세탁기에 돌려놨기에 옷을 접어 장속에 정리만 했다며 행복해 했다. 댓글에도 비슷비슷한 내용들이 올라오는데 먼저 자라며 아기를 돌봐 주었다든가, 세차를 했다든가, 아니면 마사지를 해주었다는 등, 무언가 서비스를 받았다는 이야기뿐이어서 이 시대의 젊은 남편들은 참 고달프겠구나 싶었다.

나는 한때 침대에서 아침상을 받아보고 싶은 소박한 바람이 있었다. 영화에서처럼 빵과 커피를 곁들인 아침상을 남편으로부터 받으면 행복할 것 같았다.

그러나 결혼생활 사십 년이 넘었어도 남편이 차려준 아침상을 받아 본 기억이 없다. 어쩌다 친절하게 커피라도 뽑아주면 사람이 갑자기 변하면 죽을 때가 가깝다는 속설이 마음에 걸려 어디가 아픈가 한 번 더 쳐다보게 된다.

세월이 흘러 새로운 사회질서가 형성되면서 부부관계의 위계도 변해간다. 삼종지도(三從之道)를 금과옥조인 양 믿고 따르던 구세대의 부부를 종적관계라 한다면, 신세대 부부는 남녀 평등을 당연시하는 횡적관계라 할 수 있을 것이다. 그 사이에 어중간이 끼어 있는 우리 세대는 종적 횡적관계의 교차점에 서 있다고 볼 수 있다. 그러기에 옛어른들은 편한 세상 만났다고 우리들을 부러워했으며, 우리 또한 신세대들이 살아가는 세태를 보며 세월의 변화를 실감한다.

아울러 일등남편에 대한 척도도 연륜에 따라 달라지는 것 같다. 유월의 푸른 나무처럼 싱싱했던 주부들도 시간이 지나면서 삶의 피로가 쌓여간다. 얼마 전까지만 해도 남편의 저녁상을 당연지사로 알고 준비했었는데, 이제는 밖에서 저녁을 들겠다는 전화에 안도하는 마음을 감출 수 없으니 이는 세월 탓일 것이다.

열여섯에 시집와 순종을 미덕으로 알며 회혼례를 치르도록 인고의 삶을 살아오셨던 어머니가 "내 살을 아껴주는 남편이 최고다."라던 말씀이 가슴에 젖어드는 요즘이다.

아름다운 청년

"용모가 아름다운 사람은 눈에 기쁨을 주고 내면이 아름다운 사람은 마음에 기쁨을 준다."는 말이 있다.

별이 총총히 빛나는 밤, 여러 가지 악조건과 불운을 딛고 꿋꿋이 일어선 내면이 아름다운 28세의 청년 닉 부이치치(Nick Vujicic)의 이야기를 듣기 위해 나는 강연장에 앉아 있었다.

휠체어를 밀고 들어선 사람이 아그립바 조각상처럼 머리와 몸통만 있는 청년을 반짝 안아서 탁자 위에 올려놓았다. 두 팔, 두 다리가 없으니 앉았는지 섰는지 분간이 안 되는 몸인데도 이리저리 움직이며 적당히 유머를 섞어 재치 있게 강연을 이끄는 모습이 너무나 아름다워 보였다.

영상매체를 통하여 그의 신상은 대충 알고 있었다. 오스트레일

리아 멜버른에서 선천적 지체부자유아로 태어나 숱한 역경을 극복하고 이제는 세계 곳곳을 누비며 장애인들에게 희망의 전도사가 된 청년이다.

그냥 바라보기에도 마음 아픈 신체장애자도 노력하면 이 세상에 이루지 못할 일이 없다며 윈드서핑, 골프, 축구, 줄넘기에도 도전하고, 두 개뿐인 발가락으로 컴퓨터를 다루며, 전자드럼을 연주하는 영상을 보았을 때에는 감탄과 연민이 교차했다. 괴테는 "인간을 미래의 가능한 모습으로 바라보면 그는 정말로 그런 사람이 될 것이다."라고 했다. 그도 오늘이 있기까지 미래의 가능한 모습을 마음에 그리며 얼마나 많은 눈물의 노력을 기울였을까.

서울에서 지체부자유아를 둔 가족과 이웃하여 살았다. 고만고만한 또래의 아이들을 같은 학교에 보내고 교회활동도 함께 했기에 숟가락이 몇 개인지 알 수 있을 정도로 친했다. 친구는 2남 1녀를 두었으나 큰아들이 갓난아기 때 황달병으로 뇌성마비가 와서 혼자 힘으로는 보행도 할 수 없는 장애아가 되었다. 초등학교부터 고등학교를 졸업할 때까지 어머니가 업거나 승용차로 등하교시키다가 대학에 입학하고서야 훌쩍 자란 아들을 감당하기 어려워 운전기사를 고용했다.

하루는 그 집을 방문했더니 큰아들을 꾸중하고 있었다. 시험평가가 기대보다 좋지 않게 나와서였다. 큰아들이 울면서 동생도

시험을 잘못 보았는데 왜 나만 야단치느냐고 대들었다. 친구가 "이놈아, 네 동생은 건강하니 공부를 못해도 서울역에서 지게꾼이라도 하며 살 수 있어! 그런데 너는 공부까지 못하면 세상을 어떻게 살아갈 거니?"라고 했다. 사랑하는 자식이 잘되기를 바라며 눈물을 머금고 매를 들어 엄하게 훈육하는 모정이 너무나 훌륭해 보였다.

행동이 자유롭지 못해 물 한 컵도 머리를 겨드랑이에 꼭 끼고 마시게 하는 아들을 친지의 결혼식이나 상갓집에도 한사코 데리고 다녔다. 위축되지 말고 세상과 소통하며 떳떳이 살아갈 수 있는 용기를 심어주기 위해서였다.

한 시간 삼십 분이 넘도록 이어지는 부이치치의 강연을 들으며 신체적 장애는 불편함뿐이라는 생각이 들었다.

뇌성마비를 앓는 친구의 아들도 UCLA에서 몇 분야의 박사학위를 획득하고 목사님이 되었다. 7년이라는 짧지 않은 유학생활 동안 휠체어를 타고 다니면서도 남의 도움 없이 연구과정을 마쳤다고 한다.

자신감으로 상대방을 압도하는 힘, 그것은 실로 축복받은 신의 선물이었다. 강의가 끝날 무렵에는 나뿐만 아니라 모든 청중들도 미소를 감추지 못하고 있었다. 그를 통하여 자신이 얼마나 축복받았고 행복한 사람인가를 새삼 깨달은 시간이었다. 부이치치가 약혼했다고 발표하자 청중들이 큰 박수를 보내며 환호했다.

의젓한 목사님이 된 친구 아들은 이미 결혼하여 아내에게 '힘들지' '미안해' '고마워' '사랑해' 라는 말을 곧잘 하는 귀여운 쌍둥이의 자랑스러운 아빠가 되었단다. 영롱한 진주처럼 아름다운 두 청년은 절망과 좌절을 끌어안을 때 행복의 열쇠를 발견할 수 있다는 것을 보여준 사례다.

그들은 이미 희망의 전도사가 되어 인생의 참 의미와 참 사랑을 실천하고 있지 않은가.

행사장을 나서니 밤하늘에는 별들이 반짝였다. 어두운 밤일수록 별빛은 더욱 영롱한가 보다.

대추차의 상념

해마다 나의 가을맞이는 대추농장에서 시작된다. 도시는 한 여름인데 가을은 여물어가는 대추들에게 먼저 찾아가 단 냄새를 풍기며 나를 부른다.

올해의 여름은 유난히 길다. 절기로는 처서가 지났는데도 연일 불볕더위가 한창이다. 떠나고 싶지 않은 여름의 꼬리에 햇볕이 녹아내려 산들바람 안고 찾아올 가을의 발걸음을 머뭇거리게 한다.

대추밭으로 향하는 차 안에서 가을을 만날 생각에 가슴이 설레었다. 어미가 동구 밖까지 마중 나가 집에 돌아오는 자식을 품어 안듯 기다리던 가을을 마음에 담을 생각에서다.

산자락에 자리한 농장에 도착하니 숨 막힐 듯 뜨거운 햇볕 아래 대추들은 이미 가을의 결실을 끝내고 멍석 위에 드러누워 안식하고 있었다. 자신이 이루어낸 수고에 만족한 미소를 지으며 나를 반겼다.

어찌 저리 붉을 수가 있는가, 대추는 여름 내내 뜨거운 햇살로 몸을 키우고 아침저녁 서늘한 가을바람으로 결실의 완성을 보지 않았는가. 아직도 무덥기에 대추가 한창 익어갈 거라고 생각했는데, 올해는 윤달이 들어서 가을걷이가 일찍 끝났다고 한다. 방문객을 위하여 남겨 놓은 몇 그루 나무에서 대추를 골라 따며 어떤 환경에서도 자신의 일을 완수하는 자연의 사랑을 바구니에 담았다.

채반에 담아 햇볕에 말리던 대추를 깨끗한 물행주로 닦았다. 여름동안 뜨거운 햇살 아래에서 내실을 다지기에 고단했을 몸을 정성껏 닦아준다. 한 해의 결실을 고마운 마음으로 어루만진다.

대추차를 만들기 위하여 씨를 바르고 살은 채를 썬다. 꿀에 버무려 숙성시킨 대추차는 한겨울에도 가을을 살게 한다. 성급한 마음에 한 움큼의 대추를 주전자에 넣고 끓이니 금세 집안이 가을 향기로 가득 찬다. 대추차가 끓는 놋화로 주변에 둘러앉아 형제들과 정담 나누던 고향집이 그리움으로 다가왔다.

차맛이 달콤하다. 대추는 자연이 우리에게 주는 애정의 정표다. 땅으로부터 정기를 받아 꽃을 피워낸 힘과 한여름 내내 결실을 위하여 수고한 열정이 녹아 있어 오묘한 맛을 낸다. 차 한 잔으로 자연의 정기를 마신다. 가을의 문을 대추향기 속에서 열고 있다.

내 인생에 지표(指標)가 되어준 윤동주의 <서시>가 생각난다.

죽는 날까지 하늘을 우러러
한 점 부끄럼 없기를
잎새에 이는 바람에도
나는 괴로워했다
별을 노래하는 마음으로
모든 죽어가는 것을 사랑해야지
그리고 나한테 주어진 길을
걸어가야겠다.
오늘 밤에도 별이 바람에 스치운다

일제 강점기의 억압 속에서 27세에 요절한 시인 윤동주는 자신이 가야 할 삶의 방향과 소명의식을 감동적으로 표현하였다. 나는 시인의 노래처럼 이 시를 처음 읽었던 학창시절부터 죽는 날까지 하늘을 우러러 한 점 부끄럼 없이 살기를 바랐다. 별을 보며 노래하는 마음으로 모든 것을 사랑하는 삶이 될 것으로 생각했다.

그런 마음의 다짐은 어디로 갔을까? 세파에 시달려 가슴이 좁아지고 마음의 눈이 어두워져 하늘을 바라보기에 부끄러운 일이 한둘 아니다.

인생은 미완성이라고 한다. 완성을 향하여 죽는 날까지 사고(思考)하고 아파하며 다짐하면서 살아야 하는 것이리라.

차 한 잔의 상념 속에 내 영혼이 경건해진다. 주어진 것들을 사랑하며 남은 세월 동안 쓰임새 있게 살다가 가슴 따스한 사람으로 기억되는 결실을 맺고 싶다.

내일은 풍요로운 가을이 올 것 같다.

아직도 그대는 내 사랑

셋째 딸 결혼식 날이 다가온다.

최진사댁 셋째 딸의 혼사라면 부모와 온 동네 사람들이 잔치준비로 떠들썩하련만 우리 집 셋째 딸의 결혼식은 어미의 마음만 바쁘게 할 뿐 특별히 할 일은 없다.

상견례에 참석했고, 어머니가 골라주는 웨딩드레스를 입고 싶다는 딸의 소청에 함께 드레스를 골라준 일이 내가 한 일의 전부이다.

여리기만 하던 아이였는데 미국에서 교육을 받은 영향인지 자립심이 강해졌다. 부모의 도움 없이 자신들 힘으로 결혼식을 준비하겠다고 동분서주하는 모습이 대견하면서도 마음 한 구석이 시려온다.

사위될 아이가 백만 명이 넘게 보았다는 결혼식 동영상을 보여주었다. 신랑신부 들러리들이 요란한 음악에 맞춰 제각기 개성 있는 춤사위로 입장했다. 신랑도 덤블링을 하며 브레이크 댄스를 추고 웨딩드레스를 입은 신부의 몸짓 또한 파격적이었다.

교회나 예식장에서 덕망 있는 목사님이나 스승님이 주례를 서고, 신부는 순백의 드레스 속에 떨리는 마음을 진정하기 어려워하던 우리 세대의 결혼식과 비교하면 정말 격세지감이 느껴지는 장면이었다. 너도 이렇게 결혼식을 할 거냐고 물으니 "재미있잖아요"라고 애매하게 대답했다.

예로부터 우리나라에서는 결혼을 인륜지대사(人倫之大事)라 했다. 양쪽 집안이 서로 허혼하고 나면 혼례절차는 당연히 양가 어른들 몫이었다. 하객들도 부모의 친지들이 대부분이었고 신랑신부의 친구나 지인들은 상대적으로 소수에 불과했다. 아버지의 손을 잡고 웨딩마치에 발을 맞추는 신부는 부모 곁을 떠날 생각에 눈물을 글썽였고 딸의 손을 사위에게 넘겨주며 기쁨 반, 서운함 반으로 뒤엉킨 아버지의 표정은 보는 사람의 코끝까지 찡하게 했다.

새 가정의 탄생은 여러 증인들 앞에 엄숙하고 경건한 행사였으며, 오랫동안 만나지 못했던 친척들이 함께하는 뿌리의 화합을 이루는 가족행사였다.

딸아이가 일방적으로 부모가 초대할 사람의 수를 정해 주었다. 피로연 음식도 양식으로 주문했다고 한다. 어미의 마음을 눈치 챘는지 친구들이 미국아이들이라서 한식은 곤란하다는 변명을 늘어놓는다.

요즘 아이들의 결혼식은 부모보다 친구들 중심으로 진행되는 추세인 것 같다. 부모의 경제적 도움에 상관없이 본인들이 모든 것을 기획하고 진행하며 그 과정을 즐긴다. 그러나 우리나라의 옛 정서를 간직한 부모들은 특별 손님 정도의 대우를 받는 자식의 혼사에 익숙하지 못하다. 세월의 변화를 인정하면서도 새로운 풍속을 쉽게 받아들이기가 어렵다. 아마도 힘든 이민생활에 한 가닥 희망을 자식에게 걸며 견디어 온 부모일수록 그 아픔이 크리라 생각된다. 친구가 "너희 딸은 한국적인 사고를 가졌기에 어미와 상의라도 해 주는 거니 고마워 해."라고 말한다. 약혼했다는 문자 메시지를 갑자기 받은 부모도 있고, 명문가에 시집 가면서 부모를 초대하지 않는 자식도 있단다. 품안에 있을 때 자식이라 하더니 아이들이 성년이 되어 갈수록 부모자식 사이에 거리가 멀어지는 것을 느낀다.

부모는 딸이 결혼하면 '아직도 그대는 내 사랑' 이라는 노래를 하고, 아들이 결혼하면 '희미한 옛 사랑의 그림자' 라는 노래를 부른다는 조크가 있다.

어느 여자의 남편이 될 아들, 어느 남자의 아내가 될 딸, 고이고이 길러 결혼이라는 대사를 치르며 부모들은 책임을 완수했다는 안도감 속에 아직도 끝나지 않은 사랑에 목말라하고 있음을 본다.

막내딸 혼사를 앞두고 노랫말로나 알고 있던 최진사댁 셋째 딸의 시집가던 날을 떠올리다니 나도 변하는 세태에 선뜻 편승하지 못하고 젊은 세대의 의식수준에 적응하기 힘들었던 것 같다.

이 다음에 손자가 결혼한다고 할 때나 내 딸도 지금의 어미 마음을 헤아릴까. 자식이 품을 떠날 때 얼마나 가슴이 허전하고 쓸쓸하게 느껴지는지 알게 되리라. 이제는 웨딩드레스 입은 딸의 모습을 그려보며 며칠 남지 않은 결혼식 날을 기다린다.

어미는 '아직도 그대는 내 사랑'을 그리움 담아 부를지언정 딸아, 부디 행복하게 살아라.

형부 생각

형제가 많은 집의 막내로 태어난 내게는 아버지뻘 되는 큰형부가 계셨다. 평생 시골 읍의 초등학교 교사로 봉직하면서 넓은 임야와 농토를 자작하던 성실한 분이었다.

내가 두 살 때 큰언니에게 장가든 형부는 이웃 마을에 살면서 자주 우리 집에 들러 장인 장모를 공경하고 처제인 나를 귀여워했다 한다. 나를 업고 밭일을 하다가 잠이 들면 밭둑 나무그늘 아래 눕혀놓고 일을 계속하셨다는 말도 들었다.

미국으로 떠나올 때 가장 서운해 하셨던 사람은 큰형부였다. 가지 말고 함께 살자며 어린아이처럼 졸랐다. 그 형부가 돌아가셨다. 고향을 찾은 길에 제일 먼저 형부 묘소를 찾았다.

초설(初雪)인가, 형부의 반갑다는 손짓인가, 싸리꽃 흩어지듯 무덤 위로 눈송이가 넋처럼 내려앉았다. 옷을 다 벗어버린 떡갈나무 한 그루가 병석에 누워 있던 형부의 모습처럼 앙상하게 추위에 떨었다. 내 마음속에도 차가운 눈발이 휘날렸다.

형부가 돌아가신 후 궤짝에서 거액의 현금뭉치가 나왔다고 한다. 추측하건대 선친에게 상속받은 전답과 산야를 고스란히 지키더니 개발붐에 적잖은 돈을 챙겨 보관하고 계셨던 것 같다.

형부는 어린아이들 가르치느라 분필가루로 잠긴 목을 퇴근길에 한 사발의 찬 막걸리로 목을 축이고 싶어도 애써 참으며 집에 돌아와 냉수로 달랬다. 평생 자신을 위해서는 돈 몇 푼 써보지 못하고 떠나시다니, 오직 저축으로 끝난 인생 같아 마음이 아팠다.

돌아가시기 전 형부를 뵈었을 때 미국에 오시면 그랜드 캐년과 옐로스톤을 관광시켜 드리겠다고 했다. 텔레비전에서 다 방영해 주는데 무엇하러 돈 들이고 고생하느냐며 웃으셨다. 장 자크 루소는 그의 저서에서 인간적인 것에 너무 집착하지 않는 자유롭게 사는 삶이 후회 없이 죽음을 맞을 수 있는 최상의 방법이라고 했다.

형부 세대만 해도 혈연이라는 사슬에 얽매이는 구속을 당연시했다. 그분들이라고 연줄의 속박에서 벗어나고픈 욕망이 왜 없었으랴. 그러나 여행 한 번 변변히 못해본 형부도 하늘여행길은 피할 수 없었나보다. 다시 돌아올 수 없는 편도 길을 떠나가셨다.

사람은 누구나 행복한 삶을 원한다. 그러나 추구하는 방법은 제각기 다르다. 국가와 민족을 위해 가족이나 자신의 안위를 돌보지 않은 선열들이 있었는가 하면, 형부처럼 처자식을 위해 개인적인 욕구를 기꺼이 절제하신 분도 있고, 본인의 욕망만을 추구하며 사는 사람들도 적지 않다.

사회 가치관이 변하고 있다. 가족이란 유대마저 허술해진다. 공익보다는 개인의 이익이 최상 가치로 자리매김하는 현실에서 과연 무엇을 위해 사는 것이 진정한 행복이며 보람일까.

루소의 말처럼 인간적인 집착에서 한 발 물러나 자유로운 삶을 지향한다는 것이 어디 그리 쉬운 일인가. 형부는 개인적 욕망과 집착에서는 벗어난 듯싶지만 혈연이라는 또 하나의 인연고리에서는 자유롭지 못하셨던 것 같다. 자신의 절제만이 가족을 행복의 길로 이끄는 길이라 여기셨으리라.

나는 꿀벌처럼 평생 일만하다 떠나신 형부처럼 살고 싶지는 않다. 나도 살아오면서 가족을 먼저 생각하고 나를 위한 욕구는 참아왔지만 이제 남은 생애 동안이나마 자중자애(自重自愛)하고 싶다.

시간과 형편이 허락하는 대로 자연을 찾아 주유(周遊)하다가 언젠가 천상에서 형부를 만나면 보고 들었던 세상사를 전해주리라.

도상途上에서 찾는 행복

샌디에고(San Diego)를 향하여 길을 나선다.

오늘의 목적지는 멕시코와 국경을 접하고 있는 캘리포니아의 최남단이다. 사업차 한 달에 두세 번 오가는 이 길에 나서면 즐거움으로 매번 가슴에 설렌다. 프리웨이에는 사방팔방으로 난 갈림길이 피돌기를 하는 혈관처럼 산업을 나르며 목적지를 연결해 준다.

국경선까지는 여러 번 프리웨이를 바꿔 타며 서너 시간 정도를 달려야 한다. 도심지를 벗어나 5번 고속도로를 타고 샌디에고 카운티에 들어서면서부터 아름다운 정경들이 눈앞에 펼쳐진다.

아, 얼마나 즐겁고 행복한 순간인가! 도로변을 따라 꽃들의 화려한 축제, 그 자연의 매혹을 가슴에 안아 본다. 신선한 바람은 태평양을 건너 내 고향산천을 들러 왔는지 정겨운 냄새마저 풍긴다. 따스한 햇살에 아련히 꿈꾸듯 가물거리는 수평선 위로 무리지어 하늘을 나는 새들, 자연의 풍광이 살아 숨 쉬는 길이다.

오늘도 도로에는 수많은 차들이 달리고 있다. 잠시도 쉴 새 없는 인생길을 달려가는 우리들의 모습과 흡사하다. 도로변에 세워진 제한속도표시판은 질주하는 차들에게 주는 경고문이다. 마치 사람들이 항상 지키며 따라야 할 규범과 도리와도 같다.

규정 속도로 안전 운행을 한다. 마음이 여유로우니 주변의 경치를 즐길 수 있고, 단속경찰을 의식하지 않아도 된다. 열을 지어 길게 늘어선 유도화, 그 꽃의 색깔과 종류를 헤아려보며 다정한 인사도 건넨다.

도로에는 질주하는 각종 차들로 자동차 전시장이 따로 없다. 모델도 색상도 다양하다. 재미삼아 눈에 띄는 자동차의 가격을 매겨본다. 1천 불도 채되지 않을 성싶은 고물차로부터 십만 불을 호가하는 명품자동차도 있다. 비록 가격차가 크지만 달린다는 기능은 똑같다. 사람도 모태에서 분리되면 꿈과 희망을 품고 나름대로의 인생길을 걷는다. 인종과 신분의 차별 없이 목적지를 향해 치열한 달리기를 하는 것이다.

차창 밖에는 아직도 꽃들의 행렬이 끊이지 않는다.

"앞만 보고 달렸다. 길가에 무슨 꽃들이 피어 있는지 돌아볼 마음의 여유가 없었다."라던 친구의 말이 생각난다.

그는 단 돈 2백 불을 들고 샌프란시스코에 도착했다. 이런저런 직업을 전전하며 밤낮 없이 혼신의 노력을 다했다. 오직 경제적 안정만이 가족의 행복이라 믿었고, 아메리칸 드림을 성취하는 길이라 생각하였다. 어느 정도 꿈을 이룬 오십 줄 나이에 문득 회상해 보니 일상의 자잘한 즐거움을 누리지 못하고 마음의 여백 없이 살아온 세월이 후회스럽고 공허하다고 했다.

갑자기 차 한 대가 앞으로 끼어든다. 반사적으로 브레이크에 발을 올려놓는데 잽싸게 또 다시 차선을 바꾸며 달려 나간다. 무슨 일로 저리 바쁠까? 저 아름다운 꽃들을 보기나 했을까? 안전규칙을 지키며 달리는 마음의 평화를 저는 모르리라.

세월은 잠시도 쉬지 않고 구르는 수레바퀴와 같다. 과속으로 질주하다보면 남들보다 조금 일찍 목적지에 도착할는지는 모르나 마음의 여유는 없으리라. 검은 연기를 내뿜으며 멀어져 가는 차를 향해 안전운행하기를 기원한다.

이제 국경이 가깝다. 마지막 905번은 속도를 줄여야 하는 하이웨이다. 숨 고르기를 하며 느긋한 여유로 주위를 둘러 볼 수 있는 속도를 유지한다.

창문을 활짝 열고 바람에 실려 오는 꽃향기를 가슴깊이 들여마신다. 도상에 쏟아져 내리는 햇빛이 찬란한 오후다. 멕시코의 산이 점점 가깝게 보인다.

인초人草

큰딸이 결혼한 지 칠 년이 지났어도 자식이 없다. 처음엔 부부가 신혼도 즐기고 경제사정이 조금 나아지면 가지려니 생각했는데 삼 년이 지나도 소식이 없자 슬슬 걱정되기 시작했다.

만날 때마다 일찍 아이를 가져야 노후에 편하다고 넌지시 일러도 키울 자신이 없다고 했다. 직장에서 돌아오면 제 한 몸도 꼼짝하기 싫을 정도로 피곤하다고 한다. 그러면서도 자아실현을 위한 공부는 계속하고 있는 눈치니 어미라도 딸의 인생을 좌지우지할 수 없다.

사남매를 키우느라 자신의 꿈을 접고 자아성취의 갈증으로 목말라 하는 어미를 보았음인가, 아니면 아이는 돌봐줄 수 없으니 너희가 알아서 키우라는 평소의 말을 기억했음인가. 딸의 나이가 마음에 걸려 할 수 없이 백기를 들고 항복하듯이 낳기만 하면 키워주겠노라 사정까지 하게 되었다.

다시 한 번 생각해 보겠다는 사위의 말을 믿고 은근히 기대했으나 이번에도 대답은 역시 자식을 갖지 않겠다는 것이었다. 부모님께는 죄송하지만 저희들끼리 자유롭게 살며 여유가 생기면 이웃과 부모 형제들에게 베풀며 살겠다고 한다.

물론, 여성들이 직장과 가정생활을 병행하여 살아가기에는 어려움이 많은 세상이다. 특히 아이들이 어릴 때에는 육아와 가사일만으로도 힘들다.

나도 지난날 자식들 키우기에 한시도 몸과 마음이 편할 날 없었다. 감기로 열이 펄펄 끓는 아이를 들쳐 업고 새벽같이 병원 문을 두드리기도 했고, 다친 아이를 안고 뛰어가던 길이 너무 멀게만 느껴져 울기도 했었다. 학교에 다니고부터는 공부에 신경 쓰이고 행여 나쁜 친구와 어울릴까 얼마나 마음을 졸였던가.

사회생활도 포기할 수 없는 여성들이 출산이라는 묵언의 의무에 갈등하는 것은 어쩌면 당연한 일이다. 인력은 국력이라고 한다. 내가 어렸을 때만 해도 다산한 어머니들에게 나라에서 상을 주었다. 전쟁이 끝난 후 출산장려가 필요했던 시절이었다. 국민 없이 나라가 있을 수 없고 국력이 탄력을 받을 수 없다. 오늘날 경제대국으로 떠오르는 중국도 풍부한 인적 자원과 넓은 영토 덕에 가능하지 않겠는가.

결혼 후 남편을 따라 불란서 파리에서 몇 년을 살았다. 한국을 떠나기 전, 어린 두 아이가 있던 나는 이번이야말로 일생의 마지막 기회라 생각하며 시어머님께 큰아이만이라도 돌봐 주시면 공부를 계속하고 싶다고 부탁했었다.

"손주는 내가 낳은 자식보다 어렵다."는 말씀에 꿈을 접은 채 두 아이와 함께 긴 비행시간에 시달리며 파리의 오를리 공항에 내렸다. 가사와 육아를 겸하기도 벅차서 공부까지 생각할 여유는 없었다.

70년대 중반 불란서에는 출산을 장려하는 대형포스터가 거리나 지하철역에 붙어 있었고 TV에서는 연일 인형같이 예쁜 아기 모습을 보여주며 출산을 장려하고 있었다.

당시 우리나라에서는 '아들 딸 구별 말고 둘만 낳아 잘 기르자'는 범국가적인 캠페인이 한창이었다. 문명이 발달할수록 자아중심의 생활태도가 만연되니 출산율이 저조해진다.

같은 지구촌인데 한편에서는 아이를 적게 낳자 하고, 다른 편에서는 아이를 낳으면 육아보조비를 지불하겠다고 하니 나라마다 사정이 참 다르다고 생각했다.

큰딸을 낳고 내 스스로 대견스러웠다. 볼은 축 처지고 눈도 제대로 못 떴는데 내가 낳은 아이라 그런지 본능적인 사랑이 가슴으로부터 목덜미까지 타고 오르며 어른이 된 환희를 느꼈다. 아마도 내 일생 중에 그때가 가장 신비롭고 행복한 순간이 아니었나 싶다.

자식은 부부 사이를 이어주는 사랑의 끈이라고 한다. 자식이 있어 서로가 더 소중함을 알게 되고 어려운 고비도 함께 넘길 수 있다. 또한 사랑하는 자식이 있기에 좀 더 진실되게 살아가려는 각오와 노력을 할 것이다.

식구들이 모이면 둘째딸이 낳은 손자 녀석이 단연 인기다. 두 살배기 작은 입술에서 나오는 서툰 말 한마디 한마디에 식구들은 박장대소한다. 초봄의 새순처럼 파릇파릇 올라오는 손자의 재롱에 어찌 행복하지 않으랴.

각자 어떤 보람을 찾아 살든 스스로 선택할 일이다. 다만 농부의 마음을 잊지 않고 살았으면 좋겠다. 정성껏 돌보는 농작물이 하루가 다르게 자라며 영글어가는 모습은 무엇과도 바꿀 수 없는 농부의 보람이자 기쁨이다. 아무리 기름진 옥토라도 힘들다고 농사일을 게을리하면 어찌 될 것인가.

"세상에서 인초(人草)보다 더 예쁜 것은 없다." 첫 손자의 사진을 고쟁이주머니에서 수시로 꺼내보며 행복한 미소를 지으시던 어머니와 지금의 내 모습이 똑같다.

빈 둥지

노동절 연휴를 맞아 우리 부부는 집에서 그리 멀지않은 해변에라도 다녀오려고 집을 나섰다. 3일간의 황금연휴 동안 모두들 여행을 떠났는지 거리는 한산하다. 아마도 자연의 품을 찾아 떠났거나 그리운 가족을 만나기 위해 둥지를 잠시 비웠나보다.

이번 연휴에 아들이 독립하겠다며 집을 나갔다. 이유인즉 다 큰 자식이 부모님과 함께 살면 의타심 있는 사람으로 보인다는 것이다. 첫날은 몰랐는데 둘째 날부터는 아들의 빈자리가 마음속에 휑한 바람을 일으켰다. "든 자리는 몰라도 난 자리는 표가 난다."는 말을 실감케 한다.

팔로스 버디스 해안 절벽 위에 섰다. 햇볕에 반짝이는 옥색의 바닷물이 출렁인다. 바람 냄새도 이 절벽 어딘가에 피어난 들꽃들의 향기를 실어오는 것 같다. 자연의 힘이 가장 왕성하게 느껴지던 여름이 이제는 뒷모습을 보이려 한다.

아들은 인생 중에서 무한한 열정으로 찬란하게 빛나는 여름을 시작하려고 한다. 내 아들의 삶이 힘들고 외로운 사람들에게 시원한 바람 같은 삶이었으면 좋겠다. 남보다 훨씬 월등하지는 못해도 성품이 너그러워 기대고 싶어지는 사람으로, 작은 것도 소중히 여겨 마음에 행복의 샘이 솟는 사람으로, 사회질서를 지키고 의(義)를 사랑하는 사람으로, 아울러 풍성한 수확을 준비하는 지혜로운 자가 되기를 소망한다.

가마우지 두 마리가 사이좋게 하늘을 난다. 앞집 정원에 집을 짓고 알을 품었던 어미 새가 오늘 아침에는 나뭇가지에 앉아 하늘을 바라보고 있었다. 어느 사이에 새끼들이 태어나 조잘대더니 날아갔는지 둥지가 텅 비어 있었다. 어미 새도 나처럼 자식 떠나간 빈 마음에 하늘을 바라보는가, 울지도 않았다.

절벽을 내려와 모래사장을 맨 발로 걷는다. 자연과 한몸이 된 느낌이다. 발을 통해 전해지는 부드러운 모래 감촉이 내 마음에 아늑한 여유의 쉼터를 만든다. 이런 날이면 젊었던 시절처럼 남편과 손이라도 잡고 걸었으면 좋겠는데 느린 걸음을 탓하며 앞서가 버린다.

그이가 어느 틈에 사내아이들과 놀고 있다. 모래 삽질하는 모습이 영락없는 개구쟁이 소년이다. 아이 좋아하는 병은 난치병인가, 저런 모습이 내게 얼마만큼 고통을 주었는지 짐작도 못 했으리라.

외동아들에게 시집을 왔다. 이북이 고향인데다가 손이 귀한 집안이어서 결혼하자마자 시부모님은 손자를 기다리시는 눈치가 역력했다. 그러나 딸 둘을 내리낳았다. 우리 세대만 해도 아들 딸 구별 없이 둘만 낳아 잘 기르자는 캠페인이 있었다.

여러 형제들과 어울려 자랐던 나는 아이들을 별로 좋아하지 않았다. 남편이 문제였다. 말로는 딸이면 어떠냐고 하지만 사내아이가 앙증맞게 야구유니폼을 입고 지나가면 얼른 달려가 예뻐한다거나, 술자리에서 친구들이 아들 자랑을 하면 부러워하는 표정을 지었다.

남편 품에 아들을 안겨 주고 싶었다. 인력이 국력이라 하지 않던가. 네 번째로 아들을 낳았다. 그토록 간절히 바라던 아들이 태어났을 때는 정신적 육체적 고통을 모두 내려놓고 푸른 초원에 누워 있는 기분이었다.

그 아들이 독립을 선언한 것이다. 어미는 아직도 강보에 싸여 기쁨으로 떨게 하던 기억이 새로운데 어느새 두 발 든든히 딛고 자기만의 성을 쌓겠다고 집을 나선 것이다.

자력으로 스스로를 책임지겠다는 아들의 독립정신은 고맙고 칭찬해 줄 만하다. 왠지 모르게 그런 아들의 성장이 나날이 푸르러

가는 나무와 같이 싱그러워 보이면서도 어린 시절 어미 손을 놓치고 당황하던 아들의 마음이 되어 있다. 연인으로부터 외면당했다면 이런 마음일까. 스산한 바람이 마음속을 헤집고 다닌다.

팔순 노모가 오십 줄 아들에게 길조심하라고 타이르듯이 자식은 부모에게 있어 인생의 종착역까지 안고 가는 숙명적인 애정관계인가 보다.

바닷물이 밀려온다. 남편은 아직도 아이들과 모래장난을 하고 있다. 그의 마음에도 허전함이 밀물처럼 몰려올 것이다. 어쩌면 아들과의 추억에 빠져 유수한 세월에 쓸쓸한 마음을 삭이고 있는지도 모른다.

나도 부모님 품을 떠나왔다. 자식을 떠나보내며 노심초사하시는 부모님 걱정보다 둥지를 벗어난 새처럼 자유를 얻은 양 즐거워했다.

이제 때가 되어 자식이 떠나버린 텅 빈 둥지를 보며 끊임없이 채우고 비우기를 반복하는 세상사 이치를 깨닫는다. 붉은 태양이 하루의 여정을 마무리하며 수평선으로 서서히 가라앉고 있다.

춤추는 허수아비

어느새 서늘해진 날씨가 가을임을 알려준다. 해마다 돌아오는 계절인데도 올해는 수확보다는 비움의 가을을 생각한다.

학창시절, 추수를 끝낸 논둑길을 따라 등교할 때면 아침안개 낀 가을 들녘에 고즈넉한 평화로움이 대지를 감싸고 있었다. 그 많은 벼들은 다 어디로 갔을까, 텅 비어버린 논에 허수아비 하나 소슬바람에 흔들거리고 있었다.

이 가을에 나는 비움으로 넉넉해지는 자연을 닮고자 이삿짐을 꾸린다. 우리의 삶은 비우고 채우는 연속이기에 완전한 비움은 없는 것 같다.

17년 전 서울을 떠나올 때 정들었던 세간을 친지들에게 나눠주고 기본적인 생활필수품만으로 단출하게 미국생활을 시작했다.

살림을 하나씩 들추어 정리하다보니 몸에 군살 붙듯이 조금씩 늘어난 물건들이 차고 넘쳤다.

요즘 젊은이들은 사들이는 것도 버리는 것도 쉽게 한다. 하기야 눈 뜨고 나면 더 좋은 신제품들이 쏟아져 나오는 세상이 아닌가. 새것을 장만하면 쓰던 것은 과감히 버려야 함에도 버리지 못하는 것은 구시대적인 생활습성일 것이다.

마음을 단단히 먹고 살림살이를 간소화하리라 작정했다. 일 년에 서너 번 사용하는 큼직한 곰국 냄비 두 개가 새것처럼 자리를 차지하고 있다.

아내가 끓여놓은 곰국의 양에 따라 남편은 아내의 출타기간을 미루어 짐작한다는 조크가 있던가. 나도 집을 비우고 싶은 유혹이 있어 두 개나 장만했나 속으로 웃으며 하나를 꺼내어 치우는 쪽으로 밀어 놓는다.

옷도 마찬가지다. 걸핏하면 입을 것이 없다면서도 장 안에는 옷이 가득하다. 어느 친구는 옷을 하나 사면 두 개를 버린다고 해서 너의 소비가 경제 활성화를 가져오겠다고 말한 적이 있다. 소비가 미덕이라는 세상을 살고 있다는 것이었다.

천성이 그런지 나는 버리는 일이 쉽지 않다. 이제는 인생의 가을을 지나는데 무슨 살림 욕심이 있어서가 아니다. 그 모든 것들은 우리 가족이 지나온 삶의 내용이고 세월을 함께 공유한 추억이기에 함부로 내어버릴 수 없는 미련이 있기 때문이다.

낡은 사진첩들을 정리한다. 인생의 봄여름을 살아온 추억들이 순박한 웃음을 띠며 얼굴을 내민다. 누렇게 퇴색된 사진들은 세월의 무상함이 배어있는데, 당시의 기억들이 그리 오래지 않은 듯 느껴지니 마음은 늙지 않는가보다.

설악산, 속리산 그리고 내장산의 단풍이 사진 속에서 불타고 있다. 등산복에 베레모를 눌러쓰고 나름대로 멋 부렸을 아가씨의 젊음이 싱그럽다.

아, 이때는 돌아가신 시어머님도 꽃각시같이 젊어 보인다. 환갑을 겨우 지나고 먼 길 재촉하여 그리움을 남기더니 앨범 속에 시어머님이 현존하시는 것 같다.

며느리 장롱 속까지 손수 정리해 주시던 시어머님의 성품은 당신의 옷가지 하나 흐트러지지 않은 정갈한 모습을 남기고 떠나셨다.

더러는 잊혀져 희미해지고, 이슥고 버려지는 물건들처럼 우리가 타인과 맺고 있는 관계나 기억 또한 그렇게 소멸해가는 것은 아닐까. 뒷모습이 아름다워야 진정 아름다운 사람이라는 말을 실감한다.

지금쯤 고향에는 가을걷이가 한창일 것이다. 이미 추수 끝난 논에는 한 여름내 풍요를 안고 바쁜 몸짓을 하던 허수아비가 빈

논두렁을 지키고 있을 것이다.

나의 진정한 가을걷이는 무엇일까. 소유할 때도 비움을 준비하고 빈 들녘에서도 춤출 수 있는 그런 마음을 갖는 것이 아닐까. 가을 들녘의 아름다운 추억을 간직한 채 허수아비는 홀로 즐겁게 춤추고 있다. 외로울지라도 존재의 의미를 반추하며 히죽 웃는다.

어릴 적 보았던 허수아비와 지금의 내 모습이 무엇이 다르랴.

때늦은 고백

2011년 1월 1일 아침, 보무당당한 기마대를 선두로 로즈퍼레이드의 화려한 신년축제가 열렸다. TV로 생중계되는 꽃의 향연을 시청하면서 설날 새 아침을 맞는다.

미국에서 맞는 나의 18번째 설날이 올해도 꽃차를 타고 나팔을 불며 나타난다. 올 한 해가 장미꽃처럼 향기롭고 아름다운 날들이기를 기원함일까, 꽃송이마다 사랑과 소망을 싣고 세계 속으로 퍼져나간다.

122년 동안 이어져 온 이 행사를 전 세계에서 사억 오천만 명 이상이 시청하고 80만 명이 넘는 인파가 파사디나 거리에 모인다고 한다. 열성적인 사람들은 좋은 자리에서 구경하기 위해 그믐날 추운 거리에서 밤을 지새우기도 한다. 사람들은 꽃차마다 개성 있게 장식된 화려함에 반하고, 행사가 끝난 후에도 전시장까지 찾아 감상하며 오래도록 축제의 여운을 간직하려 한다.

올해는 어쩐지 꽃차의 행렬이 예년과 달리 지루해 보인다. 차라리 저 거리에서 한국의 사물패들이 북, 장구, 징, 꽹과리를 치고 두들기며 상모를 돌리는 토속지신밟기라도 한판 벌인다면 더욱 신명나지 않을까 싶다. 그 기운에 못된 귀신들이 물러가고 행복과 평화로 충만한 한 해가 될 것 같은 마음에서다.

작년 신정에는 식구들이 함께 모였지만 올해 가족모임은 구정으로 미루었다. 사 남매 중 위로 딸 셋이 출가하여 사위 세 명이 가족으로 합세하니 나무에 새 가지가 돋은 듯 흐뭇하고 든든하다. 큰사위는 서울에서 자라고 교육을 받아 한국적 사고방식에 젖어 있고, 둘째는 프랑스계 미국인으로 문화적 정서가 판이하게 다르다. 유아 때 미국에 왔다는 셋째는 1.5세대다. 우리말이라고 해야 고작 인사말정도밖에 할 줄 모르는 영어권 사위다.

한국 문화에 낯선 사위들에게 한국의 명절풍속을 설명해 주며 윷놀이 판을 벌였다. 식구들을 두 패로 나누어 벌이는 윷놀이가 점점 흥겨워지니 거실 분위기가 마치 옛날 내가 살던 고향집 봉당인 듯 싶었다.

생전 처음 놀아보는 윷놀이에 신바람 난 키다리 사위가 윷가락을 던질 때 '모를 놓아라! 윷을 놓아라!' 훈수를 두면 신통하게도 패가 잘 나와 한바탕 웃음보가 터지곤 했다. 장대 같은 키에 두 다리를 오그리고 어설프게 던지는 윷짝에 세계가 좁혀지는 느낌이었다.

설날이면 흩어졌던 가족들이 모여 사랑을 확인하고 혈육 간의 정을 두텁게 한다. 고향 떠나 외국생활을 하다 보니 한국의 전통 명절 풍속은 참으로 뜻 깊다는 생각이 든다. 명절마다 제각각 특색이 있고, 놀이와 차려지는 음식이 다르면서도 화합과 단합을 강조하는 숨은 뜻이 있어 놀랍다.

떡국으로 조반을 든 후 말리부 비치(Malibu's Beaches)에 갔다. 정초만 되면 설날행사인 듯 찾아나서는 태평양 바닷가는 내가 태어난 한국과 물길로 이어져 있지 않는가.

차창 너머로 바라보는 풍경들이 낯익은 모습으로 정겹게 다가온다. 보름 가까이 줄기차게 내리던 겨울비가 그치고 밝게 솟은 햇살에 눈이 부시다. 설빔으로 갈아입은 야자수들이 푸르고 싱싱한 자태를 뽐낸다. 산등성이에 들어선 고급주택들이 바다와 어울려 한 폭의 수채화 같다.

이민 초기에는 소려(昭麗)한 도시에 살면서도 매사가 낯설고 외로워 고향 생각에 눈물깨나 쏟았다. 특히 명절 때가 되면 부모 형제들이 보고 싶어 내색할 수 없는 가슴앓이를 하며 바닷가에서서 그리움과 서러움을 태평양 바닷바람에 날려 보내곤 했었다.

세월이 약이라고 했던가, 강산이 두 번이나 변할 만큼 세월이 흐르니 이제는 바닷가를 찾아도 담담하게 추억을 반추하며 더 이상 눈물은 흘리지 않는다.

어머니가 밤새워 지어주신 색동옷 설빔에 비단실로 수놓은 빨간 복주머니를 차고 동네 어른들에게 세배 다니던 어릴 적 기억들, 오빠들과 가오리연을 날리며 들판을 달리면 양볼이 트도록 매서웠던 겨울바람, 논바닥 얼음판에서 신나게 지치던 썰매, 조청에 찍어 나누어 먹던 말랑말랑한 가래떡, 그 생생한 온갖 추억들이 가슴에 남아 영원히 마르지 않는 샘물처럼 솟아난다.

수평선을 바라보자니 흘러간 영화처럼 많은 상념이 오간다. 해방 직후에 월남하신 시아버님은 오매불망 고향생각에 그 아쉬움을 달래고자 해마다 설날이면 판문점을 방문하시곤 했다. 가깝고도 먼 북녘 땅 고향에 계신 부모님께 세배 드리고 하염없이 북쪽 하늘을 바라보다가 그리움만 안고 되돌아 오셨을 것이다.

운명하시기 전 자식들을 모아놓고 고향땅에 한 발짝이라도 가까운 이북오도민 묘지(以北五道民墓地)에 묻어 달라 하시던 시아버님의 망향의 한이 아직도 긴 아픔의 여운으로 남아 있다.

내 어머니처럼 손수 수놓아 만들지는 못해도 다가올 음력설에는 예쁜 복주머니를 장만해 세뱃돈을 넣어주며 사위들에게 덕담하리라. 마음속 깊이 오래오래 남아 정을 이어주는 추억의 선물이

길 바라는 마음에서다. 살아가면서 좋은 만남은 사랑을 일깨워주는 스승이 되기도 한다.

만날 때마다 허리를 굽히며 "I love you, l love you."를 속삭이는 둘째사위처럼 이제는 고인이 되신 부모님께 살아생전 제대로 표현하지 못했던 말 "사랑합니다, 사랑합니다." 를 때 늦은 고백을 설날 아침 넓고 푸른 하늘을 향해 외친다.

발코니키스

세계의 이목 속에 영국의 윌리엄 왕자와 평민 출신 케이트 미들턴의 결혼식이 지난 4월 29일에 거행되었다. 아침에 눈을 뜨면 왕실 소식부터 챙긴다는 영국인들의 왕실사랑은 신랑신부의 버킹엄궁전 발코니 키스로 절정에 이르렀다.

발코니키스는 찰스 황태자와 다이애나에서 시작되었다 한다. 어느새 장성한 아들 윌리엄이 삼십 년 전 수줍고 청순하기만 했던 어머니가 서있던 그 발코니에서 당당하게 사랑할 줄 아는 젊은이가 되어 아름다운 부부의 모습을 보여주었다. 비운의 왕비로 아직까지 만인의 가슴속에 살아있는 다이애나비가 살아있다면 얼마나 기뻐했을까.

1992년 11월, 영국왕실발레단과 함께 한국을 방문했던 찰스 황태자 부부는 세종문화회관에서 우리나라 총리 부부와 함께 발레 공연을 관람했다. 그때에는 이미 두 사람의 불화가 온 세상에 파다하게 소문난 때였고 떠도는 말로는 엘리자베스 여왕으로부터 이혼허락을 받고 의례적인 한영친선사절 역할을 수행하는 중이라고 했다. 나는 행사를 주최하였던 모 신문사와의 인연으로 난생처음 특실에 앉아 지척에서 그들을 볼 수 있었다.

그 날, 목이 깊게 파인 초록색 드레스 차림의 다이애나비는 모딜리아니의 그림 속에 자주 등장하는 여인처럼 우수에 차 있었다. 선입견일지 몰라도 사랑에 목마른 여인, 황량한 바람을 마음에 안고 사는 여인이란 느낌이 들었다. 나란히 앉아있는 찰스와는 남남인 양 말 한마디 주고받지 않으며 매스컴에서 보았던 우아하고 예쁜 미소도 볼 수 없었다.

발코니키스로 국민들에게 꿈을 심어주었던 다이애나는 이혼 후 교통사고로 꽃다운 삶을 마무리했고, 모딜리아니의 연인이자 모델이었던 잔느 에비테른은 모딜리아니가 병사한 이틀 후 파리의 한 허름한 5층 아파트 발코니에서 투신자살하였다. 죽어서도 그의 모델이 되겠노라 약속했던 그녀가 숙연한 사랑의 완성으로 선택한 방법이었다.

마네의 〈발코니〉라는 그림에는 표정과 시선방향이 서로 다른 세 사람이 그려져 있다. 화가는 사람들에게 제각기 숙명적 삶의 과정과 결과도 상이하다는 의미를 표현하고 싶었는지 모른다.

이 찬란한 봄날에 윌리엄과 케이트의 발코니키스가 영원한 사랑으로 완결되길 바라는 마음은 오직 나뿐만이 아니리라.

빈처貧妻 탈출

여름 더위가 기승을 부리니 주말이면 자연을 찾아 어디론가 떠나고 싶던 마음까지도 주춤해진다. 읽을 만한 책이 없을까 책꽂이를 살펴보다가 이민가방에 묻혀왔을 성싶은 현진건의 문고판이 눈에 띄었다. 세월의 누더기를 겹겹이 걸치고 누렇게 바랜 책을 꺼내 드니 옛 문인이 성큼 걸어 나오는 듯싶다.

〈빈처〉는 현진건이 1921년에 발표한 자전적 단편소설로 그에게 문명(文名)을 얻게 한 대표적인 작품이다. 가난한 작가지망생인 주인공이 부유한 명문가에서 시집 온 아내와 궁핍이라는 현실적 한계상황에서 작가로서의 이상 가치를 추구하며 애틋한 사랑을 확인한다.

요즘 불황의 늪이 끝이 보이지 않는다. 아무리 정부가 나서서

장밋빛 청사진을 내놓아도 경기의 흐름은 마이동풍이다. 오랫동안 소비에 익숙하던 아내들이 살림규모나 씀씀이를 줄여보려 하지만 여전히 불확실한 내일을 걱정하며 빈처임을 자처한다.

끼니를 위해 자잘한 살림도구와 옷가지마저 처분해야 했던 소설 속의 여인과 우리 사이에는 한 세기 가까운 격세가 있다. 어렵다고 한숨짓는 요즈음의 아내들은 다이어트를 위해 칼로리 섭취를 줄이려 애쓰면서도 두세 블록 거리의 마켓에 차를 몰고 간다.

미국에서 쓰레기로 버려지는 음식만으로도 웬만한 나라의 굶주리는 국민을 먹여 살릴 수 있다니 우리는 풍요 속에 빈곤을 느끼며 살고 있는 셈이다.

물질만능주의가 시대정신으로 판치는 세태에 살자면 빈곤은 분명 고통이다. 그러나 이에 못지않게 정서적인 기근 역시 참기 어려운 허기의 원인임을 세월이 흐를수록 통감한다.

"나이가 들고 지혜가 깊어질수록 정신적인 삶을 최고로 여기는 법이다."라고 톨스토이는 말했다. 그러고 보면 물질적인 궁핍보다는 정신적 결핍을 망각하고 사는 아내들이야말로 진짜 빈처가 아닐까 싶다.

오귀스트 르누아르의 〈책 읽는 여인〉 마르고(Margot)는 비록 화류계의 여인이지만 창밖에서 흘러들어오는 부드러운 역광 속에서 독서 삼매경에 빠져 행복감에 젖어있다. 책에서 반사되는 빛으로 환한 여인의 얼굴에서는 생명력이 넘친다.

어느 잣대를 쓰느냐에 따라 나도 빈처 중에 한 사람일 것이다. 모두가 피할 수 없는 경기 침체에 물질적인 어려움이야 어쩔 수 없다손 치더라도 이럴 때일수록 책을 읽고 사색하면서 정신적 빈처에서 탈출하여 참 행복과 삶의 역동성도 회복해야 하지 않겠나 싶다.

Chapter 4

아날로그 세대의 꿈

세상과 소통하고 자식들과도 교감지정을 나누려면
굳어가는 머리를 혹사해야 할 수밖에.
문명의 미숙아가 되지 않으려고 아날로그 세대인
나도 할 수 있다는 일념으로 꿈을 포기하지 않는다.

평생 웬수

평생을 함께 살아온 어느 노부부가 글자 맞추기 게임을 했다. 문제의 정답은 네 글자로 된 '천생연분'이었는데, 할아버지가 뜻을 설명하고 할머니가 답을 맞춰야 했다.

할아버지: 우리처럼 오랫동안 같이 사는 부부?

할머니: 웬수.

할아버지: 아니, 네 글자.

할머니: 평생 웬수?

남편이 어느 모임에서 듣고 와 나에게 들려준 우스갯소리다.

"맞다, 맞아." 생각 없이 한참을 웃었으나, 할머니의 말이 40여 년을 함께 살아온 우리 부부에게도 일맥상통한 면이 없지 않은 것 같아 슬며시 웃음이 사라졌다.

"사랑은 머리와 심장과 감각을 동시에 공격해 오는 강력한 열정이다." 라고 볼테르가 말했다. 지금은 희미해졌지만 그런 열정적인 사랑이 나에게도 있었다. 내 존재의 의미는 모두 그로 인함이었고, 그의 빛나고 명철한 예지는 나를 취하게 하는데 부족함이 없었다.

술에 취하든 사랑에 취하든 취한 사람이 무슨 소리를 못하랴! 나는 3,000볼트의 사랑을 하고 있다고 친구들에게 자랑하곤 했다. 3,000볼트가 얼마만큼 위력적인 것인지도 모르면서 대단한 사랑이라는 뜻으로, 우리는 그렇게 서로 많이 사랑한다는 뜻으로 그런 말을 했던 것 같다. 그 사랑에는 하늘을 닮은 관대함과 넓디넓은 포용력이 담겨 있었고, 또한 주어도 또 주고 싶어지는 배려하는 마음도 담겨 있었다. 아무리 표현에 서툰 사람이라도 이때만큼은 사랑하는 사람을 위하여 장미꽃을 살까, 백합꽃을 살까 고민하는 마음도 있었다.

천생연분을 평생 웬수라고 말했다는 할머니가 귀엽다. 그 솔직한 말에서 진솔한 사랑이 느껴진다. 원수의 뜻은 '원한이 있는 상대자' 로 사전에 정의되어 있다. 웬수는 원수의 사투리로 뜻이 같지만 할머니가 말한 '평생 웬수'라는 말은 '여러 가지 모양의 사랑을 오랫동안 함께 한 사람'이라는 의미를 담은 것이리라. 그러기에 '평생 웬수'라는 말은 긴 세월 동안 함께 만들어 낸 많은 추억과 삶의 무게를 힘겨워하면서도 서로 위로하며 걷는 인생의 동반자끼리 쓸 수 있는 표현일 것이다. 그들만이 가질 수 있는 은밀한 사랑과 연민과 안타까움과 바람이 혼합되어 있는, 그래서 많이 미워할 수도 가슴 설레며 예뻐할 수도 없는 애증의 사람이라는 뜻으로 내게는 다가온다.

처음사랑은 도예공이 자신의 혼을 불어넣어 빚은 흠집 하나 없고 모양, 색상, 부드러움이 녹아있는 도자기와 같다. 그것은 순결하고 도도하며 품위가 있다. 그러나 살다보니 정성을 다해 완성한 도자기에 크고 작은 상처들이 생겨난다.

연약하던 여자에게 억척스러움을 가르치고, 우아하고 교양 있게 살려던 마음을 씁쓸한 미련과 함께 장롱 속에 집어넣게 한다. 3,000볼트의 사랑을 영원이라고 믿었던 나 자신도 '평생 웬수'라는 말에 공감하며 공허한 웃음을 짓는다.

첫눈이 북악산 자락에 흰옷을 입히고 따스한 햇살이 눈 위에 반짝이던 날, 어린 신부는 처음 입어 보는 웨딩드레스가 황홀하기만 했고 "검은 머리 파뿌리되도록 서로 존중하며 사랑하겠느뇨?" 라는 주례사의 말이 얼마나 많은 인내와 책임감과 희생의 헌신을 요구하는 것인지도 모르는 채 겁도 없이 "네." 라고 대답했다. 짐작도 할 수 없이 아득하게만 느껴졌던 검은 머리가 파뿌리되는 그때는 앞으로 얼마나 멀고 먼 길을 가야만 도달할 수 있을까?

세월은 3,000볼트의 사랑을 친구 같은 편안한 사랑으로 변화시켰다. 이제는 인생여정 중에 상처 난 곳을 서로 보듬고 쓰다듬으며 말하지 않아도 마음을 읽을 수 있게 되었다.

차를 타고 가면서 남편이 부르는 노래에 따라 그의 기분도 가늠할 수 있다. '보슬비가 소리도 없이'를 부를 때보다는 '연분홍 치마가 봄바람에 휘날리더라'를 부를 때가 최적임을 알고 있다.

이렇게 세월은 두 마음을 하나로 동일화시켰는데, 가끔씩 '평생 웬수' 같은 느낌이 들기도 하는 것은 무엇 때문일까. 말로는 일심동체라면서 개체가 다르기 때문일까, 혹시 그와 나 사이에 빈틈이 생긴 것일까, 처음 사랑을 잊어서일까, 아니면 삶의 무게가 서로를 이기적으로 변화시켜 배려하는 마음을 잊어서일까. 손을 잡아도 내 손을 잡은 것 같은 편안함이 서로의 인격을 소홀히 했기 때문일까? 북악산 자락에 내렸던 흰 눈같이 순결한 사랑과 그날의 약속을 잊지 않는다면 우리에게 남아있는 인생은 더욱 아름다울 것이다.

이제는 은은한 사랑이 3,000볼트의 사랑보다 소중하게 느껴지는 때가 되었다. 삶의 참된 맛을 음미하며 결코 서두르지 아니하는 넉넉한 가슴이고 싶다. 옆자리에 '평생 웬수'라고 부를 수 있는 당신이 있어서 고맙다. 유행가 가사처럼 보고 있어도 보고 싶은 당신은 영원한 나의 '평생 웬수'다.

샌프란시스코 가는 길

겨울비가 내린다. 캘리포니아의 겨울은 한국의 늦가을 날씨와 비슷하면서 일 년 중 가장 비다운 비가 내리는 우기다. 준 사막의 뜨거운 햇살을 안고 살아야 하는 생물들에게 생존의 고달픔을 잊게 하는 축복의 계절이다.

올 겨울에는 흡족하게 단비가 내려 봄이 오면 산야에 야생화들이 흐드러지게 피어날 것이다. 세밑 이른 아침, 보름 가까이 내리는 비를 바라보고 있자니 이민 초기의 다사다난했던 일들로 만감이 교차한다.

비 내리는 날이면 샌프란시스코의 물안개 자욱한 베이 브리지(Bay Bridge)가 눈에 선하다. 마치 김승옥 작가의 <무진기행> 주인공이 현실과 몽환 사이를 오가듯 아침이면 물안개에 묻힌 하층다리(Lower Bridge)를 꿈꾸듯 건넜다가 저녁이면 상층다리(Upper Bridge)를 지나 집으로 돌아오곤 했다. 비 내리는 밤, 조명등이 켜진 베이 브리지는 왕관을 쓰고 드레스자락을 길게 늘인 여왕의 자태로 공중에서 부유(浮遊)하는 듯 환상적이었다. 천상으로 가는 길도 이렇게 아름다울까, 끝없이 달려가고만 싶었던 그 정경은 뼛속까지 파고들던 겨울비의 한기를 잠시나마 잊게 해주었다.

한 달에 두세 번씩 로스엔젤레스를 오고갔다. 장거리 운전이지만 계절마다 사막 표정이 다양해 지루하지 않았다. 봄이면 들꽃으로 뒤덮인 산야를 바라보며 자연의 조화에 감탄했고, 한여름의 뜨거운 지열이 눈앞에 아른거리면 봄 아지랑이를 따라 신작로 길을 달리는 소녀가 되기도 했다. 풍차가 돌아가는 마을을 지날 때에는 마음속에 예쁜 집을 지었고, 겨울비 속을 뚫고 헝그리밸리에 이르렀을 때 함박눈이 난무하던 산곡의 설경은 자연이 나에게 내려주는 은총이라 생각되었다.

로스엔젤레스에서 샌프란시스코로 가는 길은 세 노선이 주로 이용된다. 거대한 산성처럼 생긴 로스 파드레(Los Padres)와 엔젤레스(Angeles) 산맥 양 날개 사이 헝그리협곡(Hungry Valley)을 넘어 5번 프리웨이로 올라가는 노선이 지름길이다. 험준한 계곡만 빠지면 목적지까지 직선으로 뻗은 고속도로다.

또 프레즈노카운티를 지나 156번 하이웨이 서쪽으로 방향을 틀어 101번으로 올라가는 루트가 있다. 운전하기 만만치는 않지만 도상(途上)의 경관이 소설 <제인 에어>의 무대였던 소온 필드(Thorn Field)를 연상시킨다. 특히 101번 프리웨이를 만나기 직전 아담한 마을을 만나는데 풍치도 수려하고 고풍스런 식당과 카페, 토산물가게들이 여행객들의 잠깐 쉼터로는 안성맞춤이다.

또한 협곡을 살짝 비켜 태평양 연안을 따라 올라가는 1번 도로가 있다. 꼬불꼬불한 굴곡과 깎아지른 절벽에 시종일관 긴장을 늦출 수 없지만, 별유건곤(別有乾坤)이다. 관광객들이나 연인들, 또한 허니문코스로 명성이 나 있다.

인생길도 마찬가지일 것이다. 어떤 사람은 태어나 생을 마칠 때까지 질곡 없는 안온한 삶으로 인생을 마무리하지만 5번 도로처럼 지루할 수도 있고, 살아가다가 험한 산길을 만나 고생은 되지만 눈앞에 펼쳐진 경관에 '아, 이런 세상도 있었구나!' 라며 감탄할 수 있는 156번 같은 인생길도 있다. 아니면 시종일관 가파르고 순탄치 못해 시간은 소요되지만 가는 길 굽이굽이 절경이고 운 좋은 날에는 고래 떼가 이동하는 장관도 볼 수 있는 1번 도로 같은 삶도 있다.

지금에 와서 돌아보면 나의 인생길은 아마도 156번을 경유하는 만만치 않은 난코스를 거쳐온 것 같다.

그 행로를 걸어오면서 보고 배운 것이 많다. 그 경험을 바탕으로 감동의 향기가 짙은 글을 써보려는 열정과 시도는 그 덕분이 아닐까 싶다.

오늘도 하루 종일 비가 내리겠다는 일기예보가 있었다. 아름다운 1번 도로 곳곳이 강우로 인한 산사태로 폐쇄되었다는 소식을 들으니 세상길 어디에도 희비가 엇갈리고 있다는 생각이 든다. 지금 어느 길목을 지나고 있든지 그것이 나에게 허용된 최선의 길임을 각오하고 스스로 극복해야만 하리라. 비가 그치면 태양은 더욱 눈부시고 바다갈매기도 힘찬 비상을 할 것이다.

불현듯, 빗속을 뚫고 샌프란시스코 가는 길로 나서고 싶어진다.

모하비사막과 시인詩人

살다보니 취향도 바뀐다. 쇼핑몰이나 영화관처럼 번잡한 곳은 가급적 피하게 되고, 지인들 모임에도 꼭 필요한 경우에만 얼굴을 내밀게 된다. 그러다 보니 몸 가꾸기에 태만해지고 화장도 대충하며 걸핏하면 거르기 일쑤다. 내가 미인도 아니고 그렇다고 싱싱한 젊음이 남아있지도 않은데 어디서 오는 후안무치이며 배짱인지 모르겠다. 내 나름대로는 외모 가꾸는 시간과 노력이 아깝고, 타인의 시선에 구애받지 않는 자유로운 삶이 좋을 뿐이다.

연휴를 맞아 떠난 여행길에 모하비사막을 지났다. 작열하는 태양 아래 사막은 꾸밈없는 맨얼굴로 우리를 반기고 노란 세이지 꽃들이 흐드러지게 피어나 길손의 여심(旅心)을 사로잡았다.

먼 옛날, 사위가 온통 바다였다는 모하비사막 서편으로 시에라 네바다 산맥의 한 줄기가 당당하게 위용을 뽐내고 있었다.

작년 이맘때에도 고국에서 방문한 문인들과 어울려 이곳 모하비사막을 통과했다.

서울에서 오신 시인 한 분이 차창 밖을 내다보며 "이곳은 가도 가도 끝없는 사막과 돌산뿐이어서 볼품도 없고 지루하기만 하네요."라고 말했다. 곡선이 아름답고 아기자기한 한국 산야에 익숙하다 보면 그럴 수도 있겠구나 싶었다. 고국에는 어디에 내놓아도 빠지지 않는 명산들이 계절 따라 옷을 갈아입으며 얼마나 아름다운가.

미국의 국립공원을 처음 관광하면서 한국과는 분위기가 다른 크고 울창한 나무숲에 감탄했다. 그렇지만 메마르고 황량한 사막을 지날 때에는 영화에서처럼 인디언이 말을 타고 홀연히 나타나지 않을까 상상했을 뿐 나 또한 정이 붙지 않았다. 그러나 이곳에 오래 살다보니 어느덧 심안도 바뀌었음인지 모하비사막처럼 인위의 흔적이 거의 없이 태고의 신비를 품고 있는 자연이 좋아진다. 그 앞에 서면 잠시나마 나를 잊고 대자연의 일부분이 되는 것 같다.

모하비사막은 어려서 보았던 <사막은 살아있다>라는 기록영화의 배경이었다. 그때만 해도 삶의 의미를 채 터득하지 못한 나이였기에 그저 자연의 아름다움에 감탄만 했다. 사막에 살고 있는 생명체의 근원적인 고독과 갈증, 기다림과 절망을 감내하고 있음을 눈치 채지도 못했다.

이제는 사막의 열악한 환경에 순응하며 살아가는 생명체들에게 무한한 경외와 감사의 마음이 된다. 풍상에 시달리면서도, 굳건한 바위산이나 뜨거운 모랫바람에 열병을 앓으면서도 살아남으려 애쓰는 나무들에게 존경심이 생긴다.

누가 있어 이 고달픈 사막의 삶을 스스로 선택했겠는가. 그러나 운명을 받아들이고 묵묵히 사막을 지키고 있다.

바람도 거칠 것 없이 드넓은 땅, 밤하늘의 별들은 총총히 빛나는데 자연은 너희들도 우리처럼 의구(依舊)하라고 말하는 것 같았다. 마음에 안고 있는 무거운 짐들을 모래 위에 내려놓고 바람처럼 가벼이 세상을 살라 하는 듯도 싶었다.

한 포기 풀과 별반 다르지 않은 인생살이가 아무리 어렵다한들 바람에 구르는 회전초(Tumbleweed)보다는 선택받은 존재가 아니냐고 속삭이는 듯도 했다.

사람들은 산이나 바다를 찾아 세상사에 번잡한 마음을 비우려 한다. 자연 앞에서는 허식과 가식도 빛을 잃기에 치장하지 않은 맨얼굴의 자신을 만날 수 있다. 비우려 애써도 어느새 가득 차오르는 오욕칠정(五欲七情)은 어디서부터 오는 것일까. 나는 사막을 찾아 어설픈 지식과 교양으로 치장한 옷을 벗는다. 그리고 가벼워진 마음의 빈자리에 사색의 나무를 심는다.

짧은 일정이었지만 내 삶의 색채가 새벽녘 사막안개처럼 걷히고 선명해졌다. 전에 이곳을 함께 지났던 서울 시인은 지금쯤 어디에서 무슨 시상에 젖어 있을까.

진짜 부자

조선시대 숙종 임금이 야행을 나서 빈촌을 지나가는데 어느 허름한 초막에서 웃음소리가 끊임없이 흘러나왔다. 부촌에서도 흔치 않은 일이라 임금은 그 까닭을 알아보려 주인을 불러 물 한 사발을 청했다. 살펴보니 백발의 할아버지는 새끼를 꼬고, 올망졸망한 아이들은 짚을 고르고, 할머니는 빨래를 밟고, 아낙은 옷을 깁고 있었다. 그런데 모두들 표정이 밝아 근심걱정이라고는 도무지 없는 듯싶어 주인에게 물었다.

"무슨 좋은 일이라도 있소? 밖에서 들으니 웃음이 끊이지 않더이다." 주인은 만면에 희색을 띠며 "빚 갚고 저축도 하면서 부자로 살지요. 부모님 봉양으로 은혜에 보답하고 아이들을 키워 노후를 준비하니 어찌 이보다 더 부자일 수 있겠소?"

지인이 이메일로 전송해준 고사(古事)다. 예전 같으면 당연지사인 이 이야기가 세태가 많이 변하여 감동으로 다가온다.

내가 어렸을 적에 아버지는 아침마다 안방으로 건너오셔서 할머니 이부자리 밑에 손을 넣어 밤새 따뜻하고 편안히 주무셨는지 살피셨다. 할머니에게 잡숫고 싶은 것이 있느냐고 여쭙고는 손수 반찬거리를 사러 다니셨고, 며칠간 출타라도 할 양이면 큰절을 올리고 길을 떠나셨다.

현시대의 자식들은 핵가족에서 자랐기에 대가족으로 살면서 친밀한 정을 나누던 끈끈한 가족애를 잘 모른다. 부모님은 조부모님을 공경했고, 자식들은 또 부모님을 모시는 것이 당연한 의무라 여기며 물 흐르듯 세상 이치에 순응하며 살았다.

한 공간에서 오순도순 형제간에 우애를 다지고 위계질서에 따라 존중할 줄 알았다. 어쩌다 닭 한 마리를 고아서 온 가족이 상 앞에 둘러앉으면 할머니는 당신 국그릇의 고기건더기를 아버지 국그릇에 덜어드렸고, 아버지는 다시 자식들 국그릇에 넣어주셨다. 사랑이 함께 했던 식사풍경을 생각하면 지금도 가슴이 따스해진다. 그때야말로 가족 모두가 진정한 부자로 살았던 시절이었다.

어느 날 학교에서 돌아오니 대문 고리에 커다란 황소 두 마리가 묶여 있었다. 누구네 소일까 궁금하여 아버지에게 여쭈었더니 오라비 대학등록금 때문에 위탁 사육하던 소를 팔려고 데려왔노라

하셨다. 그리고는 "노후를 생각하면 팔지 말아야 하는데." 하며 들릴 듯 말 듯 혼잣말을 하셨다. 결국 아버지는 소를 팔아 오빠 등록금을 대셨고, 사회인이 된 오빠는 임종하실 때까지 아버지를 정성껏 봉양했다. 어찌 보면 아버지는 그야말로 빚도 갚고 저축도 하며 사셨던 셈이다. 노후에 마음까지 편안한 진짜 부자였는지는 모르겠으나 그래도 당신 적금을 쓰시며 생을 마치셨다.

오랜 불황 탓일까, 뉴스에서는 요즘 미국 사회 일각에서 집 떠났던 자식들이 부모 곁으로 되돌아오는 현상이 일고 있다고 한다. 독립하여 자유를 구가하던 자식들이 경제적으로 형편이 곤란해지자 부모 집으로 들어오는 경우가 많아진 탓이다.

부모 입장에서 보면 혈육의 정으로 다시 만나 반가울 터이나 부딪치며 양보하고 이해하며 살자면 걱정도 많을 것이다.

일반적으로 자식이 성장하여 대학에 들어가면 가정을 떠난다. 부모들은 헤어져 지내는 자식들의 안부가 궁금하지만 아이들은 바깥세상이 흥미로워 집 생각을 별로 하지 않는다. 그러다가 사회생활을 시작하고 결혼하여 가정을 꾸리다 보면 자연히 부모는 관심사 밖으로 멀어지게 된다.

한 지붕 아래 살면서 조석으로 문안드리던 옛날처럼 부모를 챙길 수야 없겠지만 전화로라도 자주 안부를 물으면 효자다. 아파트에 혼자 살면서 저세상으로 길 떠난 부모의 시신이 여러 날 지난 후에야 발견되었다는 소식은 이 시대의 비극이다.

세상이 살기 좋아졌다지만 가족 간의 정은 멀어지는 듯싶으니 나만의 생각일까. 부모는 부모대로 희생하기를 주저하고, 자식은 자식대로 부모 공경하는 마음이 엷어진다.

모든 것은 생각하기 나름이지만 할머니가 벽장 속 과줄바구니에서 알사탕을 꺼내 주시던 대가족 시절이 그리워지니 나는 진짜 부자체질인가 보다.

보름달을 향한 기원

그 날, 자그마한 보따리를 가슴에 안은 어머니를 영문도 모르고 따라 나섰다.

추석 명절을 지내려고 어머니와 찾아간 큰집에서 사촌들과 뛰놀다가 뒤꼍 뽕나무에 매달려 새까맣게 익은 오디를 따먹고 있었다. 하얀 치마저고리차림의 어머니가 나에게 내려오라는 손짓을 하셨다. 어머니는 큰 대문이 아닌 쪽문을 통해 집을 나와 감나무가 서 있는 외양간 앞을 지나쳐 산으로 향하셨다.

어디를 가느냐고 물으니 가보면 알 거라는 대답만 하실 뿐 평상시와는 다른 어머니의 태도에서 무언가 심상치 않은 일이 일어날 것 같은 예감이 느껴졌다.

어머니와 나는 고구마 밭과 참외밭을 지나고 메밀꽃이 피어있는 산등성이를 지났다. 소나무, 밤나무, 상수리나무들이 울창한 산속에 들어서니 괴이하게 울어대는 산새 소리가 한낮인데도 온몸에 소름이 돋게 음습했다. 어머니는 여기저기를 둘러보시며 길을 잡았다. 산길은 이미 끊어져서 칡넝쿨을 헤치고 잔 나뭇가지를 들어 올리며 앞으로 나가셨다. 어머니를 놓칠세라 열 살짜리 아이는 가쁜 숨을 토하는데 바위틈에 피어난 흰 산국화가 반갑다고 미소 지었다.

몇 발자국 앞서가던 어머니가 주위를 둘러보며 봉긋한 둔덕 앞에서 발길을 멈추셨다. 어머니는 가져온 보따리를 땅에 내려놓으며 어질러진 낙엽을 손으로 쓸어 내리셨다. 빨간 흙이 그대로 보이는 납작한 무덤이 나타났다. 우리 조상들이 묻혀 있는 산소는 비석과 상석들이 즐비하게 서 있고 양 옆으로 잘 생긴 소나무들이 사열하듯 심어져 있는 양지바른 곳에 자리하고 있는데 누구의 무덤일까, 섣불리 물어볼 수 없는 긴장감이 엄습했다. 어머니는 보자기를 깔고 차려온 음식을 그 앞에 늘어놓았다. 술병에 담아온 식혜를 작은 종지에 따르며 말씀하셨다.

"네 큰오라비 무덤이다." 어머니의 젖은 음성은 혼자만이 감추고 있었던 비밀을 발설하듯이 차분했다. 언니들의 입을 통해 어렴풋이 큰오빠가 있었다고 짐작만 하던 일이 확인된 순간이었다. 그러나 나는 기억에도 없는 오빠보다는 흙 색깔로 붉어져가는 어머니의 얼굴을 보며 슬픔이 전해져 울고 싶었다.

"나는 시집와서 내 땅만 밟고 다녔다." 할머니가 위풍당당하게 말씀하시곤 하던 큰집에 가면 마을 대부분이 할아버지의 땅이어서 소작인들이나 머슴들, 마을 사람들도 우리를 보면 허리부터 굽히던 모습이 기억난다.

토지개혁 이후 농토는 많이 줄었다지만 우리 집안은 한 고을의 중심이었다. 집안의 둘째로 태어난 아버지는 당대에 최고 멋쟁이셨다. 조끼까지 받쳐 입은 양복정장을 하고, 시력이 나쁘지 않은데도 가느다란 금테안경을 쓰고 단장을 짚고 다니셨다. 자식 교육열도 대단하시어 큰아들을 경성상대에 유학 보내고 언니는 사범대학에 보내실 정도니 개화된 사상과 부를 함께 겸한 분이셨다. 언니들은 초등학교 시절 아버지가 중국이나 일본을 여행하시며 사다준 구두를 신고 다녔다고 한다. 당시는 검정고무신도 귀한 시절이라 신기해 하는 아이들이 졸졸 따라다녀 귀찮을 정도였다고 했다.

6·25전쟁이 터지자 아버지는 서울에 유학하던 큰아들을 집으로 불러들였다. 그러나 안전한 곳은 없었다. 인민군이 고향 마을까지 들어오자 아버지와 오빠는 토굴을 파고 숨어 지내야 했다. 대지주로 감찰대상 일호였으니 당연한 일이었을 것이다.

몇 달이 지났을까, 어린자식들이 많아 피난도 못 가고 집안에만 계셨다는 어머니에게 아버지가 잡혀가셨다는 전갈은 그야말로 청천벽력이었다.

소식을 전해들은 오빠가 자기 발로 찾아가 협조를 약속하고 나서야 아버지가 풀려났다 하니 그 또한 어머니에게는 얼마나 큰 고통이었을까.

그 후 오빠는 인민군 통치하의 면사무소에서 행정을 보았다고 들었다. 아버지를 구하기 위해 협조를 했다지만 국군이 들어오자 오빠는 인민군에 동조한 불순분자가 되었다. 전쟁의 틈바귀에서 민초들은 어떻게 처신해야 하는 것일까. 어머니는 개울가를 정신없이 헤집고 다니며 가까스로 시신을 찾아 거두었다.

버젓한 선산이 있음에도 외지고 동떨어진 곳에 봉분도 겨우 알아볼 정도만 올리고 묻었다 하니 누가 오빠의 인생을 보상할 것인가.

반세기를 훌쩍 넘긴 지금까지도 추석명절이 돌아오면 오빠의 초라한 무덤과 함께 아들을 향하여 애절하던 어머니가 생각나 가슴이 저려온다.

어느 해인가, 오빠의 시신을 화장하여 절에 안치하고 두 손 모아 부처님께 절하신 후 "그만 내려가자." 하던 어머니는 이제는 세월에 굴복하고 체념할 수밖에 없다는 듯 담담하셨다. 세상에서 가장 질긴 것이 모정이 아닌가, 가없는 어머니의 사랑만은 영원하리라.

지금도 지구상에는 전쟁이 끊이지 않는다. 오렌지카운티에 사는 대니얼 임 병사가 아프간전쟁에서 작전수행 중 동료들과 함께 폭탄 테러에 전사했다는 뉴스가 있었다.

어찌 이 시대까지도 전쟁이 사라지지 않는 걸까. 이번 추석에는 보름달에게 전쟁이 없는 평화로운 세상을 간절히 빌어봐야겠다.

큰절하는 심정

자연의 너그러움은 올해에도 인간 세상에 봄이라는 선물을 잊지 않았다. 노력하거나 애쓰지 않았는데도 우리는 따스한 햇볕과 부드러운 바람에 꽃향기 가득 싣고 달려오는 환희의 봄을 맞이하고 있다. 한겨울을 견뎌온 초목은 선물 한아름 안고 들어서는 아버지를 반기듯 환하게 웃고, 새들도 흥겨워 목청을 높인다. 지난해 산불로 헐벗었던 산들은 연두색 새옷을 갈아입고 산야 여기저기 꽃망울 터지는 소리가 푸른 하늘에 부서진다. 그것을 보고 산자락에 피어난 노란 양귀비꽃이 새초롬하게 웃는다.

봄은 치유(治癒)의 계절인가. 헐벗고 상처난 곳에 새 살을 돋게 하고 생명의 씨앗을 움트게 한다. 점심 후의 나른한 몸을 봄의 향기에 내맡겨 본다. 나뭇가지에 앉아 지저귀던 새들도 따스한 햇볕에 졸고 있는지 사위가 적막하다. 잠시의 달콤한 명상 사이로 전화벨이 울린다. 얼떨떨한 사람들이 다닌다는 어덜트 스쿨(adult school)에서 알게 된 조 형님이다. 꽃나무가 생겼으니 가져가라고 하신다. 그분의 고운 마음씨는 봄을 닮아 항상 따스하다.

어느덧 조 형님과의 인연도 나의 이민 역사와 더불어 16년이 되어온다. 카운티(county)에서 무료로 운영하는 어덜트 스쿨에는 다양한 인종들이 새 땅에 옮겨진 자신들의 꿈을 피우기 위하여 바쁜 시간을 쪼개어 공부하고 있었다. 당시에 같이 공부하던 한국사람들은 고향에서 떠나와 이민자로서 비슷한 문제들을 극복하며 살아야 했기에 쉽게 친해질 수 있었다. 농담조로 우리는 미국 대학 영문학과 동창이라 하며 지금까지 친분을 유지하고 있다. 깔끔한 옷차림에 항상 미소 띤 모습의 조 형님은 누구보다도 영어 공부에 열의가 많으신 분이었다.

조 형님은 노인아파트에 혼자 사신다. 남편을 먼저 하늘나라에 보내고 고희를 넘긴 노후를 동심으로 돌아가 즐겁게 지내신다. 집안을 둘러보면 꽃을 피운 아기자기한 화분들이 즐비하고 식탁 위에는 매일 읽는 성경과 문학작품집이 놓여 있다. 식사를 하듯 운동 또한 게을리 하지 않는다고 하신다. 대화중에 요즘도 영어공부 열심히 하느냐 물었더니 시민권을 따고나니 전처럼 공부가 되지 않는다고 하신다. 그러면서 자식신세 안 지고 살기 위해는 시민권시험은 꼭 합격해야 했다고 하신다. 법이 바뀌면서 영주권자에게도 주던 복지혜택이 시민권자로 제한되어 포기할 수 없었다고 하신다.

정부에서 조성한 복지기금 혜택을 받는 노인들에게는 병원진료비와 약값, 의료기구들이 거의 무상으로 제공된다. 노인아파트 임대료 역시 일반 아파트와 비교할 수 없이 저렴하고, 전기료나 가스사용료도 특별할인 혜택을 받는다. 그러나 뭐니뭐니 해도 노인들을 가장 즐겁게 해 주는 것은 매월 정부에서 지급되는 보조금이다. 노인들 중에는 어느 효자가 하루도 늦지 않고 이처럼 적지 않은 돈을 꼬박꼬박 보내 주겠느냐고 하며 "대통령님 고맙습니다." "아메리카 땡큐"를 외치며 큰절을 하는 노인도 있다고 한다.

자식들 키우느라 희생을 감내하던 우리 부모님 세대는 노후가 되면 당연히 자식의 그늘에서 안온한 여생을 보낼 수 있었다. 그러나 우리 세대에 이르면서 자식들의 효성스런 봉양을 기대하기 쉽지 않은 현실이 되었다.

코리아타운의 노인아파트에 혼자 사는 어느 할머니가 3개월 동안 아들과 연락이 되지 않자 걱정으로 지내셨다고 한다. 그러던 어느 날 아들이 전화를 걸어와 다른 주로 이주했다는 소식을 알렸다. 할머니는 반가움에 울먹이는 목소리로 너도 손자도 보고 싶으니 나를 데려가라고 사정했다고 한다. 얼마 후에 아들 집을 방문할 수 있었는데, 학벌 높은 아들 며느리 내외는 좋은 직장 다니고 있었고, 그들이 살고 있는 집은 대궐같이 커 보였다고 했다. 출근하는 며느리가 안쓰러워 도와주고 싶은데 살림살이를 건드리지 말라는 며느리의 당부에 손 놓고 지낼 수밖에 없었으며, 학교에서 돌아오는 영어권의 손자 녀석은 할머니와 말이 통하지 않는다며 자기 방에만 있었다고 한다.

아들이 잘 먹는 된장찌개라도 끓여 놓으면 집안에 냄새가 나니 한국 음식을 하지 말라는 주의를 받기도 하고, 주말에는 늦잠 자는 아들 며느리 내외가 일어나기를 기다리다 허기져 조심스럽게 식사라도 할라치면 시끄러워 잠을 못 자겠다는 며느리의 타박을 듣기도 했다고 한다. 아들 집에서 한 달을 못 채우고 돌아오신 할머니는 안식처가 따로 있음에 감사하지 않을 수 없었다. 그리고는 "내 탓이다, 모두 내 탓이야."라며 아들 내외의 불효를 당신 탓으로 돌렸다는 어느 할머니의 가슴 아픈 이야기는 우리를 씁쓸하게 한다.

헌신의 충만함을 자식들 가슴에 부려놓고도 그 어머니들은 침묵한다. 사랑에는 말보다 침묵이 더 많기 때문이다. 복지혜택을 받는 노인들은 안정된 생활이 보장되기에 그야말로 효자 열 명이

안 부럽다고 말한다. 생활의 안정을 찾은 노인들은 이제야 차 한 잔 즐길 수 있는 여유로움이 생겼고, 분주하던 일상에서 무심히 지나치던 주변을 돌아 볼 수 있는 편안한 마음을 갖게 되었다. 부지런히 자신을 위해 살아가는 즐거움처럼 여유 있는 삶은 없을 것이다.

노란 머리띠를 한 조 형님의 머리에 노랑나비가 앉아 있는 것 같다. 물 잘 주고, 가끔씩 영양제 주는 것을 잊지 말라며 건네주는 꽃나무를 받아드니 내 마음에 조 형님의 사랑이 꽃으로 피어난다.

'우리는 축복 받은 사람'이라며 큰절하는 심정으로 감사한 마음을 잊지 않고 사는 조 형님처럼 나도 감사하며 사랑의 씨앗을 뿌려야겠다.

가을 노래를 부른다

가을 여행을 꿈꾼다. 어디론가 떠나고 싶어지는 마음은 철이 바뀔 때마다 도지는 계절병이다. 정다운 지인들이 함께 여행 떠나자는 제안에 출발 전부터 가슴 한가운데 시원한 바람이 일었다.

올해는 가을이 왜 이리 목마르게 기다려지는 걸까. 삼복더위와 같은 삶을 살고 있기에 자연으로부터의 위로가 더욱 그리운지도 모른다. 낙엽 소리를 들으며 맑은 가을하늘과 바람의 향기에 심신의 고요를 찾고 싶다.

여행의 목적지는 비숍(Bishop, CA), 알래스카를 제외한 미국에서 최고로 높다는 휘트니(Whitney MT) 산이 있는 곳, 그 산에는 구름과 호수가 아름답고 은사시나무가 노래한다고 한다. 그곳에서 넉넉한 가슴이 되어 자연과 아울러 노래를 부르리라.

로스엔젤레스에서 출발하여 시애라(Sierra) 산맥을 따라 북쪽으로 달리기를 대여섯 시간, 모하비 사막에서 외롭게 기도하는 모습의 죠슈아 나무들을 지나치며 넓은 소금밭을 지난다.

알라바마 힐스(Alabama Hills)에 잠시 들러 다양한 돌들의 군상을 보았다. 수없이 많은 암석들이 제각각의 형상으로 모래 산에 앉아 있다.

몇 억 년 전 이곳은 바다 속이었을까, 바다의 왕자 고래들이 힘센 물살을 가르는 형상으로 돌이 되어 있다. 고래들은 마치 지금도 전진을 계속 시도하는 듯하다. 꿈을 포기하지 않는 고래들의 모습을 마음에 담으니 목적지 비숍 마을이 눈앞이다.

멀리 보일 때에도 감탄을 자아내던 휘트니 산의 위용이 근접하여 쳐다보니 그 장관에 감탄의 말도 잊게 한다. 기묘한 웅자를 나약한 인간의 눈으로 바라보자니 천년설을 머리에 이고 만년설을 가슴에 안은 산봉우리에 햇살이 눈부시다.

산의 동맥처럼 뻗어 있는 산길을 달려 올라간다. 저 산속에는 또 어떠한 놀라운 비경이 숨어 있을까, 마음이 조급해지며 단풍진 계곡을 따라 만 피트에 가까운 사브리나(Sabrina) 호수에 이른다.

'거울 같은 강물에 송어가 뛰노네' 슈베르트의 가곡 <송어>가 절로 흥얼거려진다.

계곡을 흐르는 맑은 강물에 사람들이 송어 낚시를 하고 있다. 무릎을 덮는 긴 장화를 신고 물 가운데서 낚싯줄을 던지는 모습이 영화의 한 장면 같다. 그들은 강물에서 송어뿐 아니라 삶의 여유로운 행복을 건져내는 것으로 보인다.

은사시나무 숲으로 들어선다. 숲에는 오후의 금빛햇살이 바람을 타고 떠돌고 있다. 산봉우리의 눈밭에 머물던 바람이 내려와 나뭇잎에 노란 옷을 갈아입히느라 부산하다. 아직은 노란 옷과 파란 옷을 입은 나무들이 반반이다. 같은 장소, 비슷한 크기의 나무들인데 가을을 빨리 타는 나무와 늦게 되는 나무가 있음을 본다.

파란 잎, 노랗게 단풍진 잎, 말라서 죽어가는 잎, 멀리서 볼 때는 아름답기만 하더니 가까이서 보니 은사시나무에도 우리가 살고 있는 삶의 모습이 매달려 있다.

곱고 푸르던 잎들은 단풍질수록 상처 나 있다. 세월은 세상 만물에게 성장과 성숙을 위한 상처를 흔적으로 남기나보다.

바람을 타고 은사시나무 잎사귀들의 노래가 들려온다. 사르르륵 사르르륵, 비브라토(Vibrato) 음색으로 바람의 파도에 따라 높낮이가 다르다. 시냇물에 비친 햇살이 춤을 추고 물속의 송어도 뛰어오른다. 세상 만물들이 화음을 맞춰 자연교향곡의 하모니를 이룬다. 누구도 흉내낼 수 없는 장엄한 교향곡에 눈을 감는다.

나는 푸치니의 오페라 <나비부인>이 되어 아리아를 부른다. 떠나간 핀커톤이 돌아오기를 그리워하며 애끓는 사랑의 노래를 부른다.

프리마돈나가 꿈이었던 내가 현실 속의 사랑을 붙잡았다. 사랑을 좇지 않고 노래를 계속했다면 꿈을 이루었을까. 가정이라는 울타리에서 행복의 노래를 불렀지만 가끔씩 이루지 못한 꿈들이 파편이 되어 가슴을 찌른다.

꿈은 시들지 않는 향초와 같다. 나이가 들어도 변하지 않고 포기할 수 없는 꿈도 있다. 어느 팔순의 할아버지가 어릴 적 희망이었던 발레리나의 꿈을 이루기 위해 도전한다 하듯이 나도 못다 이룬 꿈을 꾸며 가을 노래를 부른다.

이 순간 떨어지는 나뭇잎들은 거름이 되어 내년에는 더 빛깔 고운 단풍이 될 것이다. 가을에 실은 내 노래도 누군가의 가슴에 예쁜 은사시 나뭇잎이 되었으면 좋겠다.

흔들리는 황혼

황혼이혼이 해마다 증가한다고 한다. 황혼이라 함은 세상살이의 맛이 어떠한지 대부분 경험한 세대들을 가리킨다. 황혼에 이른 사람들은 신세대와는 달리 인고(忍苦)를 평생의 덕목으로 삼던 사람들이 아닌가.

오랜 동안 애정과 헌신으로 함께 지켜오던 가정을 버리고 각자의 길을 찾는다는 것은 나름대로의 이유가 있을 터인데도 황혼이혼을 알리는 소식은 마음을 어둡게 한다.

막역한 사이로 지내는 친구의 이혼 소식을 들었다. 아들을 대학의 기숙사로 떠나보낸 날, 저녁 식탁에서 남편에게 이혼하자고 말했다 한다. 남편은 아내의 갑작스런 요구에 당황했지만 자존심이 강하였기에 쉽게 동의해 주었다. 젊은 날의 사랑은 어디로 가고 황혼이 멀지않은 나이에 가정을 버리고자 한 것일까. 친구의 마음이 어떠했기에 남들이 부러워하는 성공한 남편으로부터 홀로서기를 원했던 것일까.

나도 이제는 살아온 날보다 살아갈 날이 길지 않다. 결혼 생활도 어언 사십여 년이 되었다. 애정이 두터워서인지 약속에 대한 책임감 때문인지 오랜 세월을 그와 함께 보냈다. 젊은 날의 가슴 설레던 마음은 세월에 부는 바람으로 퇴색되었고 인생길의 흉허물 없는 친구가 되었다.

세월의 흐름은 우리 부부 사이에도 변화를 가져왔다. 사랑의 눈길로 나를 코스모스꽃이라고 불러주던 사람이 이제는 서슴없이 할미꽃이라고 말한다. 생일이나 결혼기념일에는 나이 수만큼의 장미꽃으로 감동시키던 사람이 지금은 꽃이 왜 필요하냐고 되묻는다. 넓은 통유리 창에 붉은 루즈로 사랑의 시를 써주던 달콤한 사람은 이제 간 곳이 없다.

첫사랑에 실패한 사람은 아름다운 추억만을 간직했기에 평생을 그리워한다고 한다. 누군가는 그리움이 가슴에 얹혀 돌같이 무겁다고 말했다.

나는 첫사랑이 이루어진 경우다. 만약에 우리도 부부의 인연을 맺지 못하고 헤어졌다면 나는 아직도 그에게 코스모스꽃으로 남아 있을 것이고, 밥 한 술 더 먹이려고 선물 사 주겠다며 달래던 그의 눈길은 나의 가슴에 그리움으로 남아 있을 것이다.

사랑하는 자의 의무인가, 아무 데나 벗어 놓은 양말짝을 주우며 평생을 그리움의 무게로 짓눌리며 사는 것보다 그래도 행복하지 않느냐고 혼자 중얼거린다.

세상은 아날로그 시대에서 디지털 시대로 빠르게 변해가고 있다. 따라서 현대를 살아가고 있는 사람들의 의식과 생활방식도 많이 바뀌었다. 전통과 권위를 앞세우는 소수의 사람들이 몸은 디지털 시대에 살면서 마음은 아날로그 시대에 머물러 있어 문제가 생긴다.

부부는 정치적인 이념이나 사상의 견해차같이 큰 문제로 갈등하지 않는다. 도박이나 이성(異性) 문제 그리고 폭력같은 특별한 경우를 빼고는 이혼을 쉽게 단행하지 못한다. 인연을 단절하는 아픔과 사회의 눈길을 의식하기 때문일 것이다. 그런데도 옛날보다 이혼이 많은 것은 인정받고 싶은 자존감 때문이 아닐까?

사회적으로 성공한 남편이 있어도 가정의 한 부분으로만 존재한다면 가슴 시린 아내들은 노라의 가출을 생각하게 될 것이다. 황혼이혼을 요구하는 사람이 대부분 아내 쪽이라고 하지 않는가. 생활 속의 잡다한 일들로부터 벗어나 나를 사랑하는 삶을 살고 싶은 이유도 있을 것이다. 잉꼬부부로 알려진 오바마 대통령이 담배꽁초가 수북한 재떨이를 비우지 않아 아내인 미쉘을 힘들게

했다는 소식은 사회적인 신분과는 무관하게 가정 속에서 각자가 지켜야 할 의무의 필요성을 느끼게 하는 말로 들렸다.

젊은 사람들이 가정을 꾸리며 사는 모습을 보면 부러울 때가 많다. 남자 여자 가리지 않고, 권위나 자존심 내세우지 않으며, 서로 협조하여 행복을 만들어가는 모습이 예뻐 보인다.

가족을 돌보면서도 자신의 발전을 위하여 노력하는 젊은 아내들이 기특하다. 가족만을 위해 살았던 아내들이 인생의 황혼에라도 찾고 싶어 하는 자아를 젊어서부터 개발하면서 현명하게 사는 모습에 박수를 쳐 주고 싶다. 가사노동을 분담하며 아이들 교육에도 적극적인 젊은 남편들의 모습이 훌륭하다. 또한 깜짝 이벤트로 서로의 사랑을 표현하는 젊은 세대 부부들이 향기롭게 느껴진다.

인생의 종착역이 멀지 않은데 황혼이혼이 늘어나는 현상은 무엇을 의미하는가. 이혼만이 자아 찾기의 유일한 길이 아닐 것이다. 헤어진 사람 대다수가 후회한다는 것은 이혼이 불행의 끝이자 행복의 시작이 아니라는 뜻이다. 황혼이혼보다는 이제 얼마 남지 않은 인생길에 아름다운 동행자로 남겠다는 의지와 각오로 관계 개선이 필요하지 않을까.

인연을 아끼고 소중이 여겨 귀한 순간들을 함께 추억하며 위로받는 황혼이었으면 좋겠다. 사랑만 하기에도 시간이 충분치 않은데 반목하며 허비할 시간이 어디 있겠는가.

너를 향한 그리움

"잎새와의 이별에 나무들은 저마다 가슴이 아프구나."

이혜인 수녀님은 <가을일기>에서 노래했다. 나무들도 그럴진대 하물며 사랑하는 사람과의 이별은 슬픔이 얼마나 깊겠는가.

이별은 누구에게나 슬픈 일이다. 그것이 가족이나 친구, 또는 가까운 이웃과의 이별은 상실의 아픔을 준다.

추수감사절이 돌아온다. 잊지 않고 계절은 잘도 찾아오고 내 가슴에 빗물 되어 흐르는 친구는 오지 않는다.

그 해의 추수감사절 전날에도 우리는 일상처럼 통화했다. 오래간만에 칠면조를 굽고 저녁식탁을 준비하겠다며 명랑한 목소리를 들려주었다. 서로가 즐거운 추수감사절을 보내자던 인사가 마지막이 될 줄이야. 친구는 편찮은 어머니를 모시고 찾았던 병원에서

의자에 앉은 채로 조용히 옆으로 쓰러져 다시는 돌아 올 수 없는 길을 떠났다.

오래 살아도 미련이 남는 인생이거늘 어찌 그리 쉽게 떠났는지 감당키 어려운 허탈감이 밀려왔다. 꿈인가 싶은데 구순이 가까운 노모의 애통하는 울부짖음이 현실임을 깨우쳐 주었다.

그녀는 남편의 직장후배였다. 두 쌍이 함께 더블데이트를 즐기던 싱그러운 시절도 있었다. 우리는 첫 만남부터 서로 마음이 통했다. 각자 결혼하고 아이 낳고 가정을 꾸리면서 우리의 우정은 점점 깊어갔다. 친구가 주재원 신분으로 미국생활을 먼저 시작했다. 헤어져 있어도 우리는 한국과 미국을 오가며 정을 이어갔다.

전생이 있다면 우리는 무슨 특별한 인연이었을 것이다. 뒤늦게 발디딘 나의 이민 터전이 친구와 가까운 지역에서 시작되었다. 이민생활에 적응하기 힘들어하는 나의 푸념을 진지하게 들어주었고 가족이 건강하고 화목한데 웬 엄살이냐고 나무라기도 했다.

우리가 재회했을 때 친구는 첫사랑 찾아 떠나버린 애 아빠와 헤어져 혼자 힘으로 아이들을 키우고 있었다.

세월이 흘러 친구의 장녀는 동부에 있는 명문대학을 졸업하고 미국방송국에 취직한 자랑스러운 딸로 자랐다. 어느 어미나 마찬가지로 그 딸은 친구의 기쁨이자 보람이었다. 더구나 풍요롭지 못한 환경에서 이루어낸 결실이었기에 눈물로 감사의 기도를 드리곤 했다.

하늘나라에도 인재가 필요했던 것일까. 어느 날 건강하던 아이가 희귀병으로 고생한다는 소식이 들렸다. 집에 들어와 함께 살자는 어미의 요청도 마다한 채 혼자서 병마와 싸우는 딸을 안쓰러워했다. 봄꽃이 다투어 피어나는 사월에 그 아이는 피지 못한 꽃망울로 졌다. 너무나 아깝고 애석하여 절규했지만 인간의 힘으로는 어쩔 수 없는 능력 밖의 일이었다. 자식을 먼저 보내고 생의 의욕을 잃은 그녀를 무슨 말로 위로할 수 있단 말인가. 그저 같이 울고 또 울었다.

세월이 약이었고 이웃들의 기도와 사랑으로 기운을 차리는가 싶더니 딸이 떠난 후 일 년 반 만에 친구도 흙으로 돌아갔다. 한 줌 흙이 되기 위하여 친구는 그토록 한 많은 세상을 살았나보다.

바람에 흔들리는 나뭇잎에 조용히 흔들리는 마음이 너를 향한 그리움인 것을 가을을 보내며 비로소 아는구나.

시인의 노래처럼 이 가을에 흔들리는 내 마음은 너를 향한 그리움이다.

아날로그 세대의 꿈

7월 햇살이 포도송이에 매달려 있다. 단내가 풍길 것 같은 포도밭 이랑에서 손자녀석이 환하게 웃는 사진을 스마트폰으로 받아본다. 둘째딸이 아이와 더불어 이 더운 날 포도밭에 갔나보다. 어느새 어미 손에서 벗어나 혼자 뛰노는 모습이 대견스럽다. 더위에 몸조심하라는 문자 메시지를 전송하고 돋보기안경을 벗는다.

한 달에 한 번은 가족모임이 있다. 출가했거나 분가한 자식들과 손자의 재롱이 기다려지는 자리이기도 하고, 내게는 컴퓨터나 스마트폰의 기능을 한 가지라도 더 배울 수 있는 기회가 된다. 식사 후 분위기를 살펴가며 누구에게 물어볼까 기회를 엿본다. 자식들이니 당당하게 요구해도 될 성싶지만 왠지 떳떳치 못하다. 이미 배운 것을 숙지하지 못하고 또 물어보려니 눈치가 보이고 때로는 자존심도 상한다.

지난달에도 몇 번을 가르쳐 주어야 하느냐고 퉁박을 주는 딸에게 "나도 너에게 덧셈, 뺄셈 가르칠 때에 골백번도 더 했거든." 하며 퉁명스럽게 응수했다.

디지털 세대는 자연과 어울려 살던 아날로그 세대의 그 소박한 정서를 호랑이 담배 피던 시절 이야기라 치부하며 스마트폰에 몰입하는 경향이 있다. 문자 대신 펜으로 편지를 쓰고 답장을 기다리는 설렘을, 형제들과 줄넘기나 공기놀이를 할 때 시원하게 불던 바람이 얼마나 향기로웠는지를 저들은 알지 못한다. 스마트폰에 탐닉하여 연인이나 친구뿐 아니라 식구끼리의 대화도 단절된다. 우리 자식들도 필요한 정보를 입력해 놓고 잠시라도 없으면 못 살 것같이 애지중지한다.

세 살짜리 손자가 집에 오면 할아버지를 제일 따른다. 손을 잡고 이층계단을 오르락내리락 수없이 반복하고 침대 위에서 펄쩍펄쩍 뛰면 할아버지는 잘한다고 같이 웃었다. 목말을 태워주며 즐겁게 시종노릇을 하지만 늙은 삭신이 온전할 리 없다. 손자가 다녀가면 몸이 아프다고 사나흘 신음소리를 내면서도 입만 열면 보고 싶단다.

그런 손자가 언제부터인가 할아버지보다 셋째 사위를 더 따르기 시작했다. 이모부가 아이패드를 조카에게 안겨준 것이다. 유튜

브의 동영상을 보여주기도 하고 게임도 가르쳐주니 손자는 할아버지를 본체만체한다. 할아버지가 서운한 마음에 환심을 사보려고 이층으로 올라가자 손을 끌어도 '앵그리 버드' 게임을 하겠단다.

이제 아날로그 시대의 할아버지들은 손자에게까지 소외감을 느낀다. 어찌 할아버지가 요즘 유행하는 첨단게임을 따라 할 수 있을까. 이민 초기에 컴퓨터 사용방법을 몰라서 자식들에게 배울까 하다가 우리 부부는 신문사가 주최하는 컴퓨터 강좌를 들었다. 주말마다 두 달 동안 다녔으니 겨우 기초만 익혔을 뿐이다. 그 후로 동냥 공부도 하고 부단히 노력하여 컴퓨터로 업무도 처리하고 글도 쓰지만 첨단 기기 추세를 따라잡기에는 역부족이다.

얼마 전 친구가 내게 문자메시지를 보내면서 얼마나 신통했으면 인간승리라고 호들갑을 떨었을까. 젊은이들은 눈 감고도 할 수 있는 핸드폰 전송이 우리 세대에게는 얼마나 난제였는지 잘 알기에 공감이 갔다.

눈만 뜨면 아이티 관련 신상품들이 쏟아져 나오니 아날로그 세대는 디지털 시대에 합류하기 숨 가쁘다.

그러나 어찌하랴! 세상과 소통하고 자식들과도 교감지정을 나누려면 굳어가는 머리를 혹사해야 할 수밖에. 문명의 미숙아가 되지 않으려고 아날로그 세대인 나도 할 수 있다는 일념으로 꿈을 포기하지 않는다.

먼 훗날, 당신이 부를 때

남편이 어쩌다 연애시절처럼 내 이름을 불러주면 가슴속에 한 송이 꽃이 피어난다. 옥구슬같이 예쁘고 귀하게 살기를 염원하며 부모님이 지어 주신 이름이건만 결혼 후에는 누구 아내나 엄마로 살다보니 정작 이름을 불러주는 사람은 드물다.

가끔 내 이름으로 불리고 싶다. 아무것도 걸치지 않은 깨끗한 영혼이 날개를 펴듯 세월과 인연의 굴레에서 벗어나 진정한 나로 돌아가고 싶다.

미국에 살면서 한국 이름은 발음이 어렵다 하여 영어 이름을 쓰게 되었다. 어린 시절 읽었던 빨간 머리 앤으로 할까, 품위 있어 보이는 엘리자베스로 할까 궁리를 하다가 그냥 부르기 쉬운 죠앤으로 정했다. 처음엔 좀 낯설고 어색했으나 불러주는 사람이 늘면서 정들어간다. 다만, 미국에 살다보니 남편을 따라 바뀐 내 성이 아직도 어색하다.

오늘도 신문지상에는 성공한 사람들의 이름이 오르내렸다.

그들 이름에 붙어 있는 수식어들이 무겁게 느껴진다. 그들은 끊임없는 자기 성찰과 연단으로 오늘에 이르렀을 것이다. 그들이라고 해서 어찌 세상 유혹에 미혹되지 않았으랴. 보다 나은 내일을 위해 자신을 절제하고 끊임없이 노력을 경주했을 것이다.

나는 어떻게 살아왔는가. 꿈과 현실의 갈림길에서 세상 어머니들이 갈등하며 이상의 날개를 접듯이 평범하게 살아왔다. 새싹을 키우는 흙 한 줌 되어 울창한 숲이 되기를 기원하며 살다보니 어느새 젊음은 가고 황혼녘에 서 있다. 그러나 부모라는 소중한 이름을 건졌으니 이 또한 축복이 아닌가.

'장하다 김갑수. 서울대 합격'

고향 동네어귀 큰길가에 마을사람들의 자랑을 담아 펄럭이던 이름, 내가 처음으로 부러워했던 사람이었다. 어려운 환경을 극복하고 대도시 명문 고등학교 학생들도 쉽지 않다는 대학에 합격했으니 어찌 한 가정만의 기쁨이겠는가. 온 동네사람들이 한 마음으로 축하하며 바라보았던 플래카드는 몇 달이고 그 자리에서 펄럭였다. 아마도 당신 자식들에 대한 소망도 담았으리라.

사람들은 자신의 이름에 애착이 많은 것 같다.

공허한 마음을 가진 사람일수록 자신의 이름을 깃발처럼 휘날리려 동분서주한다. 국가대표 선수처럼 국제대회에서 우승한 후 국기를 날리며 환호할 수 있다면 얼마나 값지고 기쁠 것인가. 그러나 어느 분야를 막론하고 프로들의 성공담을 들어보면 숙연해진다. 피나는 각고의 노력과 좌절의 고통이 전해져 고개가 숙여지기도 한다.

명성은 정당한 대가를 치른 뒤에야 얻을 수 있다. 제값을 지불하지 않고 얻은 이름은 허명일 뿐이다. 먼 산에 메아리가 되고 향기 없는 꽃이 될 것이다. 호랑이가 죽으면 가죽을 남기고 사람은 죽어 이름을 남긴다고 했다. 세상에 태어나 위대한 공적을 남기는 선현은 못 될지라도 적어도 내 이웃들에게 따사로운 사람이었다는 그리움이 남는 이름이고 싶다.

이제는 봄과 여름을 보내고 가을의 문턱에 서니 내 이름에 책임을 느끼게 된다. 부모님이 사랑으로 지어주신 내 이름으로 남은 여생 동안 당당한 내가 되리라.

먼 훗날, 당신이 내 이름을 부를 때 나는 그대의 마음속에 피어나는 한 송이 꽃이 되고 싶다.

Chapter 5

You Are Still My Love

I wish you a lifetime of happiness.
No matter what, you are still my love.

You Are Still My Love

Written by Ok Kyu Cho

The wedding of Jessie, my third daughter is approaching.

There is an old Korean pop song called 'The wedding of Mr. Choi's third daughter.' The song tells the story of an entire town busily preparing for the wedding of one townsman's daughter.

I, on the other hand, am only busy in my mind as it seems there are not many ways I can participate. I have met the groom's family, and joined my daughter in wedding gown shopping as she expressed her wish to wear a dress I select for her.

My little girl, who was so soft and delicate, has grown into an independent and strong woman thanks to the education she received here in America.

My feeling of pride for her handling the wedding on her own is followed by feeling a bit left out in the corner of my heart.

My soon-to-be son-in-law showed me a video clip of one couple's wedding viewed over a million times on You Tube. Bridesmaids and groomsmen entered the ceremony dancing comically to loud music. The groom showed off break-dance moves. I was even more surprised when the bride flaunted sexy dance moves in her elegant wedding gown. In my days, a wedding was a solemn event held in front of a pastor or a respected teacher. The shy bride looked pure in her snow white dress.

What has the modern wedding become? I asked Jessie if she wanted a wedding like the one in the video, and she vaguely answered - "It looks fun."

In Korea where I grew up, the focus of the wedding was on the two families, not just the engaged couple. Once both families agreed on the nuptials of their children, the arrangements for the event were all up to the parents or elders of the families. Most of the guests were relatives or parents' friends, and friends of bride and groom were few. It was a heartwarming moment to see the bride shedding tears as she let go of her father's hand, and her father overwhelmed with half joy and half sorrow as he gave his daughter away.

A wedding, a celebration for the birth of a new family was held solemnly and reverently, and all the family members and relatives gathered together and strengthened the family's solidarity.

My daughter, on the other hand, set the number of guests my husband and I could invite. She ordered an American style reception. I had suggested Korean food, but she rejected the suggestion because most of their guests were Americans.

The new trend in weddings appears to be more focused on the bride and groom's friends rather than the families. They like to plan and decide everything for their own wedding. But for the parents with traditional values, it is a somewhat bittersweet experience that they are merely treated as VIP guests for their children's weddings. Sure, time changes things, but I find it difficult to accept this new custom.

The pain would be even greater for the first-generation immigrants like my husband and myself who have endured hard lives in this new country with only hopes of our children turning out well.

My friends tell me that I am fortunate to have a daughter who still has some Korean mentality, and I should appreciate her asking me for opinions on certain things.

She told me a story of her friend who learned of her son's engagement with a text message from him a couple of days later. I have also heard someone's daughter was marrying into a wealthy family, and she did not even invite her parents to the wedding!

People say that your children are your children only as long as they are under your care. As children grow up, parents feel a gap widening between their children and themselves.

A joke says one sings ‘You are still my love’ at a daughter's wedding and ‘Pale shadow of bygone love’ at a son's wedding. I think this joke reflects the parents’mixed feelings when their child marries - relief that they completed the responsibilities as parents, and also a sense of emptiness that their child is flying away from parents’nest to build his or her own family.

The wedding of my daughter has made me sentimental. I recall the old song ‘The wedding of Mr. Choi's third daughter’which I have forgotten so long ago. The song reminds me that the traditions I grew up with are not the traditions of today.

When my daughter becomes a mother and her child marries, she will feel what I feel now. She will understand the loneliness of having children leave her nest, and the feeling of confusion in the changing times.

Now I picture my beautiful daughter in the wedding dress, looking forward to the wedding day. My darling,

I wish you a lifetime of happiness. No matter what, you are still my love.

A Dancing Scarecrow

Written by Ok Kyu Cho

This cool weather tells me that fall is already here. Fall comes every year, but this year unlike before, I see it as a season of emptiness rather than a season of harvest.

When I was a child, I used to walk to school on the ridges between rice fields.

The bare rice paddies after the harvest, moist with morning fog, were so quiet and peaceful. Where did all the rice go? Only a lone scarecrow was swaying in the wind.

Today, as I pack up my household for the upcoming

move, I reflect on the nature's virtue of letting go.

It seems that life is an endless loop of filling up and emptying out, and we cannot entirely live by the spirit of non-possession.

I only had a few simple household items when I started our life here in the U.S. seventeen years ago, as I gave away most of our belongings to my friends and relatives before leaving Korea.

Over the years, I have unknowingly accumulated so many household goods, like extra weight on my body.

Young people discard and buy things easily. Needless to say, newer and better items pour out on the market every day, so their old items become obsolete fast.

But I find it difficult to give away my old items even though I know I will never use them. This time, I am determined to simplify my possessions.

I have two giant pots that I use only a couple of times a year for cooking gomtang – a Korean beef soup.

When a typical Korean housewife has to leave her home for several days, she usually prepares enough gomtang and stores it in the refrigerator so her family can eat during her absence. A Korean joke says a man can guess how long his wife will be away by seeing the amount of gomtang she cooked. Why did I buy two jumbo pots? Did I fantasize of going away that long? I chuckled and took one out to give away.

Same with my clothes. I grumble every chance I get that I don't have enough clothes, but there is a pile of clothes in my closet that I don't wear.

A friend once told me that she gives away two pieces of clothing when she buys one.

I joked at her that she is greatly contributing to the economy by consuming a lot.

The reason why I cannot easily give up my belongings is not because I am so greedy. It is because each old item seems to have a story about me and my family. These traces of my life are too precious to get rid of.

Now I am organizing the old photo albums. People from my youth smile at me in the photos. Discolored photos tell me that time has flown like an arrow, but the memories are still vivid to me.

In some photos, the maple trees of the Korean mountains are as scarlet as fire.

I, in my twenties, look so adorable in the hiking outfit.

Oh, my mother–in–law was so young then! She passed away barely after her sixtieth birthday, but seeing the photos makes me feel like she is still alive.

My mother–in–law was such a tidy person that she even organized my closet for me.

She always kept her appearance well–groomed until her last moment. Her photos remind me that loved ones come and go, much like our belongings, and the memories we leave behind define who we are.

Farmers in my hometown are probably busy by now gathering the rice.

The scarecrow, who stood guard through a fiercely sizzling summer, will be left there alone, watching the empty autumn field.

Like the scarecrow, I endured spring and summer, and am now going through the autumn of my life.

What will I harvest in the twilight years of my life? Will it be the wisdom to feel the abundance in letting go?

Scarecrow dances joyfully where everybody has left. He grins and reflects on the meaning of his existence even though he is lonely.

I start to see myself in the dancing scarecrow.

부록

조사무 아내에게 띄우는 글

– 5월을 기다리며

정목일 조옥규의 수필세계

– 격변 속의 소통과 깨달음의 미학

5월을 기다리며

• 조사무

창밖으로 벚꽃이 만발합니다. 43년 전 이맘때 대학로와 창덕궁의 비원 벚꽃나뭇길에서 열아홉 살 당신과 첫 데이트를 가졌었지요. 그때만 해도 한 그루 벚나무처럼 생기발랄한 소녀였는데 어느덧 당신도 이순(耳順) 나이에 접어들었군요.

며칠 전 함께 찜질방에 들렀지요. 조용한 구석에 자리를 잡자마자 당신은 원고 손질에 여념이 없어보였소. 혹시 방해가 될까싶어 조용히 한증막에 들어갔다 돌아와 보니 당신 자리에 장모님이 주무시고 계신 것 같은 착각에 얼마나 놀랬는지 모른답니다.

당신도 기억할 게요. 여름방학을 맞아 고향으로 내려간 당신이 하도 그립고 보고 싶어 서너 번 버스를 갈아타고 당신 집을 찾았던 일을 말입니다. 당시 장모님은 지금 당신과 같은 연세셨는데 타계하신 지 어언 18년이 흘렀습니다.

무상감에 젖은 채 곤히 잠든 당신을 내려다보니 무릎 아래 흉터가 눈에 띄었습니다. 왼쪽 종아리에 남은 모성의 유적, 그 사연을 어찌 잊으리까. 강보에 싸인 아기에게 젖을 물리려다가 난로에서 굴러 떨어지는 뜨거운 물주전자를 온몸으로 막으며 입었던 화상이지요. 덕택에 딸은 무사했지만 스물셋 젊디젊은 당신은 한동안 고생이 심했었지요.

육신의 상처는 아물어들면서 흉이 지지만 마음의 상처는 한으로 남아 오뉴월 파뿌리처럼 자란다고 하지요. 신체의 상처는 과감하게 드러내고 살아도 별로 불편이 없고, 이래저래 마음 접고 지내도 큰 지장이 없을 뿐 아니라 제대로 수술만 받으면 멀쩡하게 복원도 가능합니다. 그러나 마음의 상처는 그렇지가 못한 듯합니다. 그래서 초망자(招亡者)굿에서는 넋두리로 한의 응어리를 풀어 혼을 자유롭게 한다더군요.

미국으로 이주한 후 이번에는 당신 마음에도 흉터가 졌습니다.

고국을 떠나온 지 채 반 년도 되지 않아 장모님이 돌아가시고 이듬해에는 장인어른까지 저세상으로 떠나셨으니 왜 아니 그렇겠소. 게다가 두 번 다 임종을 지켜드리지 못했으니 세월이 꽤 흐른 지금에 이르도록 한이 뿌리를 내리고 있겠지요.

그렇지만 몸과 마음의 흉터는 남들로부터 조소를 받을만한 흉허물일 수 없습니다. 살아가면서 어느 누구도 피할 수 없는 생채

기는 옥(玉)의 티에 지나지 않습니다. 그 흠집을 극복하는 과정에서 빛나는 업적을 이룬 사람들이 얼마나 많으며, 그로해서 백미(白眉)로 한층 돋보이는 경우는 또 얼마나 흔합디까.

한숨인가 신음인가, 당신이 숨을 몰아쉬며 돌아누우니 퇴고하다가 돗자리에 접쳐놓은 원고뭉치가 얼마나 자랑스러웠는지 모릅니다.

부모님을 여의고부터 틈틈이 쓴 단문과 그동안 발표한 수필을 모아 출판준비에 바쁜 당신이 정말 대견스럽습니다.

어찌 생각하면 당신의 글쓰기는 한풀이에 가깝잖나 싶습니다. 당신 글을 읽다보면 특히 장모님과 관련 깊은 소재나 추억이 곳곳에 나타나니 말입니다. 그러니 장모님을 빼닮은 당신이 당신을 꼭 닮은 장모님을 구구절절 그리워하는 넋풀이를 행간 도처에서 만날 수 있지요.

여보! 이번 작품집을 마무리하면서 당신 마음의 상처까지도 말끔히 씻어내고 이제부터는 다시 열아홉 살 청심(淸心)으로 돌아가 사랑을 노래하고 자연을 찬미하며, 생명을 경외하고 인생을 관조하며, 우주를 통찰하는 주옥같은 글을 엮어주기 바라오.

이제 봄이 한창입니다. 머잖아 5월이 오면 그동안 굽은 손가락을 곰지락대며 가꾼 글모음이 한 떨기 장미꽃으로 피어나 그 장한 모습을 드러내면 당신의 상처받은 영혼까지도 홀가분해지려나, 설레는 마음으로 5월을 기다립니다.

격변 속의 소통과 깨달음의 미학

鄭 木 日
한국수필가협회 이사장, 한국문협 부이사장

1. 수필은 인생의 자화상

수필은 인생의 고백, 마음의 토로이다. 자신과의 소통을 통해 자아를 발견하며, 세상과도 소통한다. 풀벌레가 밤새도록 우는 것은 자신의 존재를 알리려는 의도이다. 우주 한 복판에 안테나를 세워놓고 끊임없이 발신음을 보내는 것은 세상 어느 곳에서 단 하나의 수신자를 만나기 위한 것이다.

수필도 자신의 마음과 인생을 토로하면서 독자들과 소통하려 한다. 마음을 털어내야 홀가분해지고 맑아진다. 마음을 나눌 수가 없으면 진실한 관계가 되지 못한다. 시, 소설, 희곡 등 상상을 토대로 한 문학은 허구를 통해 소재를 끌어들이지만, 수필은 자신의 체험을 소재로 한다. 픽션은 상상과 흥미를 통한 소통장치라면 논픽션은 사실과 진실을 통한 소통장치이다.

수필쓰기는 삶에 대한 성찰과 인생에 대한 깨달음이다. 자신을 알지 못하면 타인을 알 수 없으며 세상과도 제대로 소통할 수 없다. 자신의 인생을 비춰내려면 마음이 맑아야 한다. 마음의 연마를 통해 자신의 영혼을 비춰 내야 한다. 마음을 맑게 닦아내려면 탐욕이라는 때, 화냄이라는 얼룩, 어리석음이라는 먼지를 씻어내야 한다.

수필은 마음의 대화이며 소통이다. 가슴속에 근심, 수치감, 열등감이 못, 한, 상처, 부끄러움으로 남아 있으면 마음이 무겁고 어두워진다. 마음을 씻어내지 않으면 안 된다. 참다운 수필쓰기는 자랑과 과시는 뒤로 감추고 과실, 용서, 참회를 통한 마음 열기와 정화에 있다.

수필의 효용성을 든다면 인생에 대한 기록과 발견이다. 인간은 일회성(一回性) 일과성(一過性)의 삶을 지녔다. 인간은 삶의 제한성을 확대하고자 하는 열망으로 영원을 꿈꾼다. 인간이 만든 모든 것들은 시간의 침식으로 인해 소멸되며 사라지고 만다. 시간은 망각의 바이러스를 뿌려 인간이 남긴 그 어떤 것들도 부패와 소멸의 과정을 거쳐 지워지게 한다.

기록은 인간이 발견한 유일한 영원 장치이다. 기록을 통하지 않고는 영원을 얻을 수 없다. 자신의 삶과 인생이 영원을 수용하는 유일한 길은 기록뿐이다. 수필은 자신의 삶과 인생의 기록일 뿐 아니라, 인생에 대한 발견과 해석이다. 기록을 통해 존재의 영원성을 추구하고 있음은 인생에 대한 의미와 가치의 발견과도 무관하지 않다.

수필은 단순한 기록에 그치지 않고, 체험을 바탕으로 자신의 생각과 감정, 철학과 사상, 미의식, 인생관, 가치관. 상상력 등을 반영한다.

수필은 시, 소설, 희곡처럼 일정한 형식을 취하지 않고, 다양하고 자유스런 형식에다 인생에 대한 발견과 의미를 형상화 한다. 허구를 전제로 상상을 통해 진실을 말하는 형식이 아니라, 사실을 전제로 체험을 통해 진실을 말하는 형식을 취한다.

좋은 수필을 지향한다는 것은 곧 좋은 인생의 발견과 지향이 아닐 수 없다. 수필쓰기는 인생의 발견과 의미를 부여하고 인생의 가치를 창출하는 일이다. 자신의 삶을 통해 깨달음의 꽃을 피어내는 게 수필의 행로요 자화상이다.

2. 삶에서 얻는 지혜와 깨달음

미국 LA에서 창작활동을 하고 있는 재미수필가 조옥규 씨를 미국에서 세 번 만난 인연이 있었다. 재미수필가들과 문학기행을 다녀오기도 했다. 월간 〈한국수필〉지의 신인상 d당선에 이어 이번에 처녀 수필집을 상재하게 되었다.

미국에서의 만남을 떠올리며 보내준 원고를 읽어보았다. 굳이 주제어(主題語)라고 할 것도 없이 머리에 떠오르는 것을 적어 보았다. '전환기, 관계, 소통. 역할, 사랑, 행복추구'－이런 낱말들이 눈에 들어온다. 저자의 삶의 현장이랄까, 체험공간이랄 수 있는 것을 살펴보았다. '이민생활, 디지털시대, 핵가족, 인간관계, 변화에 대한 인식, 나의 인생관'이 가시권에 들어온다. 작품 속에서 발산되는 삶의 기(氣)랄까 에너지는 '개척성, 역동성. 적응력'이 아닐까 여겨진다.

조옥규 수필가의 처녀 수필집에서 보여주는 작품 배경은 재미교포로서 미국에서의 토착적인 삶의 현장이다. 재미교포가 이국에서의 삶의 개척과 적응력을 보이지 못하고, 고국에 대한 향수와 추억을 상기하는 작품들을 보여주는 것으론 독자들에게 만족감을 줄 수 없다. 미국문화의 토양 속에 뿌리박고 한국인의 정체성을 지닌 채 당당한 생활인으로서의 인생 발견과 의미를 꽃 피우는 작가이길 원하기 때문이다.

조옥규 수필가의 작품들을 읽고 첫인상이 오랜 여행 속에 새로운 땅에 내려와 싹을 틔우고 꽃을 피운 환한 민들레꽃을 떠올리게 했다. 태평양을 건너 미국 땅까지 날아가 생존의 터전을 잡고 천신만고 끝에 뿌리를 내리고 꽃을 피워낸 민들레꽃이 조옥규 수필가라는 생각이 들었다. 민들레는 땅바닥에 기댄 작은 식물에 불과하지만 개척, 인내, 끈기가 보이고 이른 봄에 황금빛 노란 햇살 같은 꽃을 피운다. 꽃은 시들면 하얀 갓털로 변하여 하나씩의 열매를 달고 바람에 날려서 신 개척지를 향해 머나먼 여행을 떠나곤 한다.

민들레는 어떤 땅이든 망설이지 않으며 주어진 환경과 조건에 불평함이 없이 적응력을 키워서 일생에 최선의 꽃을 피워낸다. 삶의 발견과 깨달음으로 피어낸 지혜의 완성과 실천이 아닐 수 없다. 미래에 대한 두려움을 넘어 새로운 삶을 창조하려는 개척정신이 투철함을 엿볼 수 있다.

조옥규 수필가는 처녀 수필집에서 미국으로의 이민생활, 아날로그 시대에서 디지털시대로의 전환기를 맞은 삶의 변화, 노년기를 앞둔 삶의 설계 등을 펼쳐낸다. 격변기에 어떻게 대응하는지 인생 체험과 인생 경지를 통한 지혜를 보여준다. 망설임 없는 행로와 자신감이 독자들을 고무시킴과 아울러 흥미를 불러일으키는 요소가 된다.

3. 가족 공동체를 밝히는 사랑

해외 이민자들의 삶의 근거는 가족 공동체가 아닐 수 없다. 무엇보다 언어, 감정 소통이 용이한 가족 간의 결속과 사랑은 삶의 원동력이다. 조옥규 수필가의 경우도 남편과 딸 등 가족들의 관계와 체험들이 많은 비중을 차지하고 있다. 해외 교포의 경우엔 가족 공동체의 결속과 사랑이 더욱 필요함을 느낀다. 격변기를 맞아 미국사회에선 이혼율이 50%를 상회하는 등 가정 위기 조짐을 보이고 있다. 이러한 때 '검은 머리가 파뿌리가 될 때까지' 인생해로(人生偕老)의 모습을 보이기란 쉬운 일이 아니다. 두 부부가 사랑의 지혜를 창출하여 가꿔나가지 않으면 불가능하다.

천생연분을 평생 웬수라고 말했다는 할머니가 귀엽다. 그 솔직한 말에서 진솔한 사랑이 느껴진다. 원수의 뜻은 '원한이 있는 상대자' 로 사전에 정의되어 있다. 웬수는 원수의 사투리로 뜻이 같지만 할머니가 말한 '평생 웬수'라는 말은 '여러 가지 모양의 사랑을 오랫동안 함께 한 사람'이라는 의미를 담은 것이리라. 그러기에 '평생 웬수'라는 말은 긴 세월 동안 함께 만들어 낸 많은 추억과 삶의 무게를 힘겨워하면서도 서로 위로하며 걷는 인생의 동반자끼리 쓸 수 있는 표현일 것이다. 그들만이 가질 수 있는 은밀한 사랑과 연민과 안타까움과 바람이 혼합되어 있는, 그래서 많이 미워할 수도 가슴 설레며 예뻐할 수도 없는 애증의 사람이라는 뜻으로 내게는 다가온다.

처음사랑은 도예공이 자신의 혼을 불어넣어 빚은 흠집 하나 없고 모양, 색상, 부드러움이 녹아있는 도자기와 같다. 그것은 순결하고 도도하며 품위가 있다. 그러나 살다보니 정성을 다해 완성한 도자기에 크고 작은 상처들이 생겨난다.

연약하던 여자에게 억척스러움을 가르치고, 우아하고 교양 있게 살려던 마음을 씁쓸한 미련과 함께 장롱 속에 집어넣게 한다. 3,000볼트의 사랑을 영원이라고 믿었던 나 자신도 '평생 웬수'라는 말에 공감하며 공허한 웃음을 짓는다.

-〈평생 웬수〉 일절

노인들은 부부를 지칭할 때 간혹 '평생 웬수'라는 말을 사용하기도 한다. '웬수'는 '원수'의 방언으로 '긴 세월 동안 함께 만들어낸 많은 추억과 삶의 무게를 힘겨워 하면서도 서로 위로하며 걷는 동반자끼리 쓸 수 있는 표현'이다. 사랑, 행복, 아름다움만이 아닌 미움, 불행, 추함을 함께 겪고 포용할 수 있는 사이가 아니면 쓸 수 없는 단어이다. '평생 웬수'는 '평생 은인'의 반어법으로 사용된 것임을 알 수 있다. '평생 웬수'를 입에 달고 살던 할머니가 정작 남편인 할아버지가 임종하자 처절하게 통곡하는 장면을 어떻게 설명해야 할 것인가.

'처음사랑은 도예공이 자신의 혼을 불어넣어 빚은 흠집 하나 없고 모양, 색상, 부드러움이 녹아있는 도자기와 같다. 그것은 순결하고 도도하며 품위가 어려 있다. 그러나 삶을 살다보니 정성을 다해 빚은 도자기에 크고 작은 상처들이 생겨난다.'

처음사랑과는 달리 오랜 사랑은 세월의 풍상에 입은 크고 작은 상처와 흠까지도 가슴에 품어낼 수 있어야 한다. '웬수'를 내치지 않고 가슴에 포용할 수 있어야 사랑인 것이다. 젊은 시절의 청신, 도도, 품위, 아름다움을 뛰어넘어 나이가 들수록 이해, 용서, 화해, 위로가 필요하다. 완벽과 아름다움 만에 집착해선 안 된다.

완벽보다 파격이 있어 더 눈길을 끌고 아름다움도 명암이 있어야 선명해진다. 부부란 행복과 불행, 기쁨과 고통을 함께 나누며 공감했던 관계이다. '평생 웬수'라는 말은 부부 사이나 부모가 자식을 말할 때에만 쓸 수 있는 말이다. 세상에서 제일 겁나는 말인 동시에. 또한 가장 정다운 말이 아닐 수 없다. '평생 웬수'이기에 사랑해야 하고 용서해야 하는 것이고, '평생 웬수'가 곁에 있기에 살맛이 나는 것이다.

조옥규 수필가는 '평생 웬수'를 통해 직설적인 언어 대신, 반어법으로 '부부 사이'를 더욱 선명하게 부각시켜 놓고 있다. 어쩌면 원수를 가슴에 품고 모든 허물을 씻어주고 감싸주는 것이 사랑이 아닐지 모른다.

4. 계층 간의 소통 장애를 위한 모색

저자는 미국교포로서 한국어와 영어를 사용해야 하고, 손자들과 원활한 소통을 위해선 스마트폰 사용법을 익혀야 함을 인식하고 있다. 편리해져 가는 소통도구를 익히기도 전에 새로운 소통 도구가 출시되곤 한다. 젊은 세대들은 환호성을 지르지만, 노인 세대들은 세대 간의 소통거리가 멀어져 감을 의식하고 서글퍼지기도 한다.

인간은 사회적 존재로서 소통하지 않고선 살 수가 없다. 소통이 원활하지 않으면 그만큼 소외와 고독감을 느끼지 않으면 안 된다. 소통은 삶의 방법인 동시에 존재감을 드러내는 수단이다. 소통문제는 행복한 삶을 위한 핵심이 아닐 수 없다. 조옥규 수필가가 자식과 손자와 소통을 위해 새롭게 출시된 소통 도구를 배우고 익히려는 노력은 벗어날 수 없는 일이기도 하다. 디지털시대에 아날로그 세대가 겪는 소통의 장애와 불편을 해소하기 위해선 달라지는 소통 도구의 이용법을 익히지 않을 수 없다.

낡은 사진첩들을 정리한다. 인생의 봄여름을 살아온 추억들이 순박한 웃음을 띠며 얼굴을 내민다. 누렇게 퇴색된 사진들은 세월의 무상함이 배어있는데, 당시의 기억들이 그리 오래지 않은 듯 느껴지니 마음은 늙지 않는가보다.

설악산, 속리산 그리고 내장산의 단풍이 사진 속에서 불타고 있다. 등산복에 베레모를 눌러쓰고 나름대로 멋 부렸을 아가씨의 젊음이 싱그럽다.

아, 이때는 돌아가신 시어머님도 꽃각시같이 젊어 보인다. 환갑을 겨우 지나고 먼 길 재촉하여 그리움을 남기더니 앨범 속에 시어머님이 현존하시는 것 같다.

며느리 장롱 속까지 손수 정리해 주시던 시어머님의 성품은 당신의 옷가지 하나 흐트러지지 않은 정갈한 모습을 남기고 떠나셨다.

더러는 잊혀져 희미해지고, 이윽고 버려지는 물건들처럼 우리가 타인과 맺고 있는 관계나 기억 또한 그렇게 소멸해가는 것은 아닐까. 뒷모습이 아름다워야 진정 아름다운 사람이라는 말을 실감한다.

지금쯤 고향에는 가을걷이가 한창일 것이다. 이미 추수 끝난 논에는 한 여름내 풍요를 안고 바쁜 몸짓을 하던 허수아비가 빈 논두렁을 지키고 있을 것이다.

나의 진정한 가을걷이는 무엇일까. 소유할 때도 비움을 준비하고 빈 들녘에서도 춤출 수 있는 그런 마음을 갖는 것이 아닐까. 가을 들녘의 아름다운 추억을 간직한 채 허수아비는 홀로 즐겁게 춤추고 있다. 외로울지라도 존재의 의미를 반추하며 히죽 웃는다.

어릴 적 보았던 허수아비와 지금의 내 모습이 무엇이 다르랴.

—〈춤추는 허수아비〉 일부

낡은 사진첩을 들여다보면서 지나간 인생을 회고한 글이다. 사진첩은 인생의 소중한 장면들로 채워져 있다. 유년에서부터 노년에 이르기까지 인생살이의 희비애락을 영상으로 기록해 놓고 있다. 기념으로, 또는 추억과 삶의 의미로 남겨지며, 체험과 인생사를 정리해 놓은 듯하다. 인생 유전과도 같이 사진도 빛이 바래지고 희미해져 쇠퇴와 망각의 길로 가고 있음을 본다. 생명체는 어김없이 생로병사의 운명을 벗어날 수 없다.

옷장이나 장롱에도 철 지난 옷들을 정리해야 하듯이 노경에 이르면 자신의 삶을 기억할 만한 물건이나 사진들을 모으기 보다는 정리해야 할 필요성을 느낀다. 무엇을 버리고 무엇을 남겨 놓을까? 인생에 과연 남겨놓을 가치로운 것이 있을까를 생각해 보기도 한다.

산과 들판은 가을걷이가 끝나면 겨울을 맞을 채비를 한다. 울긋불긋한 색채를 버리고 빈 마음으로 돌아간다. 조옥규 수필가도 어느새 인생의 가을을 맞고 있다. '나이가 들수록 소유할 때도 비움도 준비하고 춤출 수 있는 그런 마음을 갖는 것이 아닐까'라고 인생의 내면을 성찰하고 있다.

〈춤추는 허수아비〉는 성찰과 함께 인생의 발견과 의미의 꽃을 피워보고자 하는 맑은 깨달음을 보여주는 글이다. 인생의 무게와 삶의 의미, 인생 성찰과 인생 발견의 지혜와 명상을 담아내고 있다. 인생적 성숙과 달관이 보이고 정갈한 마음의 경지가 보인다. 참다운 수필이란 인생에 대한 발견과 해석이며 자신의 삶을 통한 깨달음의 미소가 아닐 수 없다.

디지털 세대는 자연과 어울려 살던 아날로그 세대의 그 소박한 정서를 호랑이 담배 피던 시절 이야기라 치부하며 스마트폰에 몰입하는 경향이 있다. 문자 대신 펜으로 편지를 쓰고 답장을 기다리는 설렘을, 형제들과 줄넘기나 공기놀이를 할 때 시원하게 불던 바람이 얼마나 향기로웠는지를 저들은 알지 못한다. 스마트폰에 탐닉하여 연인이나 친구뿐 아니라 식구끼리의 대화도 단절된다. 우리 자식들도 필요한 정보를 입력해 놓고 잠시라도 없으면 못 살 것같이 애지중지한다.

세 살짜리 손자가 집에 오면 할아버지를 제일 따른다. 손을 잡고 이층계단을 오르락내리락거리기를 수도 없이 반복하고 침대 위에서 펄쩍펄쩍 뛰면 할아버지는 잘한다고 같이 웃었다. 목말을 태워주며 즐겁게 시종노릇을 하지만 늙은 삭신이 온전할 리 없다. 손자가 다녀가면 몸이 아프다고 사나흘 신음소리를 내면서도 입만 열면 보고 싶단다.

그런 손자가 언제부터인가 할아버지보다 셋째 사위를 더 따르기 시작했다. 이모부가 아이패드를 조카에게 안겨준 것이다. 유튜브의 동영상을 보여주기도 하고 게임도 가르쳐주니 손자는 할아버지를 본체만체 한다. 할아버지가 서운한 마음에 환심을 사보려고 이층으로 올라가자 손을 끌어도 '앵그리 버드' 게임을 하겠단다.

이제 아날로그 시대의 할아버지들은 손자에게까지 소외감을 느낀다. 어찌 할아버지가 요즘 유행하는 첨단게임을 따라 할 수 있을까. 이민 초기에 컴퓨터 사용방법을 몰라서 자식들에게 배울까 하다가 우리 부부는 신문사가 주최하는 컴퓨터 강좌를 들었다. 주말마다 두 달 동안 다녔으니 겨우 기초만 익혔을 뿐이다. 그 후로 동냥 공부도 하고 부단히 노력하여 컴퓨터로 업무도 처리하고 글도 쓰지만 첨단 기기 추세를 따라잡기에는 역부족이다.

얼마 전 친구가 내게 문자메시지를 보내면서 얼마나 신통했으면 인간승리라고 호들갑을 떨었을까. 젊은이들은 눈 감고도 할 수 있는 핸드폰 전송이 우리 세대에게는 얼마나 난제였는지 잘 알기에 공감이 갔다.

눈만 뜨면 아이티 관련 신상품들이 쏟아져 나오니 아날로그 세대는 디지털 시대에 합류하기 숨 가쁘다.

그러나 어찌하랴! 세상과 소통하고 자식들과도 교감지정을 나누려면 굳어가는 머리를 혹사해야 할 수밖에. 문명의 미숙아가 되지 않으려고 아날로그 세대인 나도 할 수 있다는 일념으로 꿈을 포기하지 않는다.

－〈아날로그세대의 꿈〉 일부

문학도 하나의 소통 장치라고 할 수 있다. 인류의 문화 발전은 커뮤니케이션의 변화에 의해 이뤄져 왔다. 말의 시대－금속활자

시대－인터넷시대로 진화되고 있는 중이다. 현대는 소통 도구에 의해 계층별로 소통 세대가 나눠지는 것을 본다. 인터넷에 능숙한 젊은 세대와 미숙한 노인층의 소통이 자유롭지 못하고, 핸드폰 사용자와 스마트폰 사용자의 소통이 원활하지 않다. 아날로그 세대와 디지털 세대와의 소통이 원만하지 못함을 느낀다. 성장 체험이 다르고 문화 의식, 정서, 소통 대상에 있어서도 차이를 나타낸다. 앞으로 부모와 자식, 조손간의 소통에 있어서 더욱 거리감이 생길지 모른다. 생활문화가 소통 도구에 따라서 문화 수준에 따라서 상호 공감 계층과 불소통 계층이 생겨나리라 예측된다. 문자메시지 보내기가 생활화 된 사람과 그렇지 못한 사람과의 소통은 어느새 소통 장애를 느끼게 되었다.

〈아날로그 세대의 꿈〉은 현대의 세대 간 소통 장애에 대한 적나라한 토로이다. 농경시대엔 3대가 한 가정을 이루던 시대였기에 동일 생활문화의 공유를 체험했지만, 현대는 연령층에 따라 소통 방법과 공감대가 다름을 느낀다. 한국에 있는 할아버지가 미국에 있는 손자와 소통하기 위해선 인터넷이나 스마트폰을 사용하지 않을 수 없는 처지에 놓이게 되었다.

'그러나 어찌하랴! 세상과 소통하고 자식들과도 교감지정을 나누려면 굳어가는 머리를 혹사할 수밖에. 문명의 미숙아가 되지 않으려고 아날로그세대인 나도 할 수 있다는 일념으로 꿈을 포기

하지 않는다.'

자식과의 소통을 위해서, 문명의 미숙아가 되지 않으려는 노력을 보이는 저자에게서 행복의 공감대를 함께 하려는 의식이 돋보인다. 우리의 삶은 과거에 머물러 있어선 안 된다. 과거의 삶과 체험은 항상 미래를 준비하는 원동력이 되어야 바람직하다. 조옥규 수필가의 현대적인 생활 의식은 개척정신과 상통하고 있다.

〈아날로그 세대의 꿈〉은 인터넷 신상품들에 의해 소외받기 쉬운 아날로그 세대들의 고민이요 토로이다.

5. 인생 완성을 위한 의미의 꽃

직장에서의 은퇴, 정년퇴임을 맞은 세대라고 할지라도 100세 수시대여서 아직도 살아야 할 연한이 많이 남아 있다. 오히려 직장에서 일에 매여 있을 때와는 달리 인생을 완성시켜야 하는 절호의 때를 얻어 철저한 인생 설계와 운영을 통해 자신의 삶에 의미의 꽃을 피워내야 할 시기임을 느낀다.

은퇴 후의 노년을 '백수'라 하여 그냥 놀며 지내는 시간 낭비자여선 안 된다. 노년기의 새로운 인생 설계가 필요하며, 노년기의 일초일각을 아껴서 인생의 완성과 삶에 '의미'라는 꽃을 피우는데 최선을 다해야 한다.

노년기엔 더욱 철저한 자기 관리와 인생 운영에 최선을 다할 이유가 여기에 있다. 시행착오가 없이 자신이 이루고자 하는 일에 최선을 다할 수 있게 집중력을 투입할 있는 여건을 만들어야 한다. 특리 노년기에 찾아드는 건강 문제와 가족 이별 등 제반 여건을 어떻게 극복하며 마지막 인생 꽃을 피워내느냐 하는 것이 숙제가 아닐 수 없다. 노인들이 시간 보내기에 급급하며 죽음의 순간만을 기다리는 무능력자가 되어선 안 된다.

자의든 타의든 서바이벌게임처럼 모험심 하나 믿고 겁없이 미국 땅을 밟은 친구들 중에는 성공한 분들이 적지 않다. 전문분야에서 두각을 나타낸 사람, 사업으로 성공한 사람, 예술분야에서 활동하는 사람 등, 그들에게 이곳은 기회의 땅이자 약속의 땅이었다.

그들은 무엇보다도 정직과 성실이 사회가치로 인정받는 토양에서 뿌린 만큼 거둔 것이다. 그러니 그들이 수고로움에서 벗어나 무위백수(無爲白手)로 여생을 즐긴들 누가 탓할 수 있으랴.

경제적인 빈부만이 곧 인생의 성공 여부를 가늠하는 척도일 수는 없다. 낯설고 새로운 땅에 뿌리를 내려 수확해 보려는 개척자정신은 결실과 관계없이 그 자체로 충분히 값지다. 그런 불굴의 정신을 소유한 탐험가에게 이 땅은 분명 풍부한 가능성이 매장되어 있는 미지의 서부가 아닐까.

망설이는 가족을 달래고 설득해 막상 미국으로 이주한 후 서너 달도 지나지 않아 고향으로 돌아가자는 남편에게 오히려 아내가 자식과 이곳에 남겠다고 선언했다는 이야기를 들은 적이 있다.

미국사람들은 실용주의 정신이 투철하고 허례허식을 모르는 편이다. 분수를 지키며 노력한 만큼의 결과에 감사할 줄 아는 정직한 사회가 사람들을 이곳에 묶어놓는지도 모른다.

백수잔치가 막바지에 이르니 은퇴 후의 계획으로 화제가 바뀌었다. 현업에서 손을 떼고 나면 과연 어떻게 소일하는 것이 바람직할까, 고민하는 표정이 역력했다.

인간의 수명이 백세를 기대할 수 있다고 하니 그만큼 백수의 기간도 길어질 것이다. 그러니 이제부터라도 생존을 위한 투쟁과 의무라는 구속에서 벗어나 여력을 십분 발휘하여 자아실현에 전념할 수 있으면 좋을 것 같다.

은퇴는 종점에 도착해 뒤안길로 입고되는 종착이 아니라 새로운 목적지로 출발하기 위해 자신을 점검하고 기름칠하고 시동을 거는 시발이어야 할 것 같다. 훗날 인생의 막을 내리고 저승으로 출발하기 전, 자신만만하게 천상병 시인의 <귀천(歸天)>을 읊을 수 있다면 얼마나 행복하랴.

— 〈백수(白手)을 위하여〉 일부

〈백수(白手)를 위해서〉는 은퇴자들을 위한 제시라고 할 만하다. 직장 은퇴자가 되면 '백수(白手)'가 되는 일이 아닌 다시 시발점이 서는 사람이어야 한다는 말은 귀담아 들어야 할 제언이다. 은퇴자, 백수가 마치 쓸모없는 사람처럼 소외되거나, 자신이 얻은 부(富)를 이용하여 호화로운 생활 여유를 누리거나 탓할 사람이 없을 것이다. 장수시대를 맞아 자신과 사회를 위하여 보다 바람직하고 의미 있는 일에 최선을 다하려는 인생관과 실천이 필요함을 느낀다.

청년 실업이 많은 시대에 은퇴자가 무슨 일이야고 할지 모르지만, 자아실현을 위한 절호의 때를 맞이하여 주어진 시간을 무의미하게 보내고 만다면 허무한 일이다. 〈백수를 위하여〉는 조옥규 수필가의 유효적절한 의견 제시가 아닐 수 없다.

'은퇴는 종점에 도착해 뒤안길로 입고되는 종착이 아니라 새로운 목적지로 출발하기위해 자신을 점검하고 기름칠하고 시동을 거는 시발이어야 할 것 같다.'

조옥규 수필가는 은퇴에 대한 해석은 현대의 감각에 적중하고 있다. 은퇴 이후의 삶이 무의식 상태로 놓여있게 해 선 안 될 것이다. 깨어있는 의식으로 창의적인 일에 몰두할 수 있어야 한다. 조옥규 수필가의 인생관과 삶의 철학이 보이는 작품이라 할 수 있다.

수필집 한 권을 읽으면 저자의 삶과 인생철학을 알 수 있다. 수필은 곧 인생과 삶의 꾸밈없는 토로이며 반영이기 때문이다. 이 수필집으로 독자들은 미국으로 이민을 시도하여 현지에서 삶의 영역을 마련한 한 수필가의 인생을 보게 되었다. 평범하고 사소한 일상 속에서 얻어낸 지혜와 감성은 모래밭의 금모래처럼 빛을 발하기도 하고, 눈부시지 않으나 풀꽃처럼 청신하고 향기롭기도 하다. 이국에서의 삶을 개척해낸 적응성과 역동성이 민들레처럼 환하게 보인다. 조옥규 수필가의 처녀 작품집에서 보인 문장 속에는 인간관계와 소통, 역경을 개척해낸 의지와 실천, 한국인의 정서와 꿈이 오롯이 담겨 있다.